BBULMEDIA

www.bbulmedia.com

www.bbulmedia.com

GREEN HEART

그린하트

BBULMEDIA FANTASY STORY

힌든 게이트

3

GREEN HEART
그린 하트

미르영 현대 판타지 장편 소설

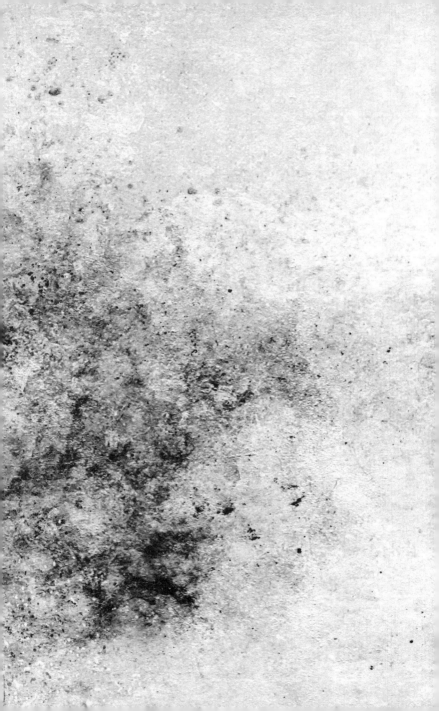

CONTENTS

제1장 … 7

제2장 … 39

제3장 … 71

제4장 … 103

제5장 … 135

제6장 … 167

제7장 … 201

제8장 … 235

제9장 … 271

제1장

정신은 이미 차린 상태다.

세계를 움직이는 인과율 시스템에 접속한 뒤에 의식을 잃었는데, 정신을 차리고 보니 치료를 받고 있는 중이다.

'지금은 치료가 중요한 일이 아니다.'

시스템에서 정보를 얻는 것보다 더욱 중요한 일이다. 내 자신에 대해 정확하게 아는 일이니 말이다.

쩌엉!!

콰지지지직!

생각이 일자 머릿속에서 벼락같은 소리가 울리더니 뭔가 부서지는 소리가 들린다.

'크으윽!'

번개를 맞은 것 같은 고통이 찰나에 뇌리를 스쳤다.

제대로 정리되지는 않지만 확실한 의미의 정보가 빠르게 흘러들어 오기 시작했다.

'으음, 이것이 사실인가?'

내가 알고 있는 사실과 그사이에 교묘하게 감춰져 있는 숨은 정보들이 파악되기 시작했지만, 전부 믿을 수 없을 정도로 황당한 사실들뿐이다.

'자세히 살펴봐야 한다.'

그냥 정보가 아니다. 봉인되어 있었던 기억들이기에 믿지 않을 수도 없는 일이다.

나머지 정보들을 재조합해 분석을 해봤다. 머리가 좋아진 것인지 얼마 지나지 않아 분석이 끝났다. 지금 나에게 벌어지고 있는 일들에 대한 진실을 알 수 있었다.

'후후후, 처음부터 이상하다고 생각은 했다. 후우, 그런데 타임 리셋이라니?'

깨어진 봉인 뒤에 나타난 정보대로라면, 난 미래로부터 건너온 존재다.

믿지 못할 사실이 당혹스럽기는 하지만, 타임 리셋은 사실일 것이라는 확신이 든다.

그러나 완벽한 정보가 아니기에 아직까지 의혹은 거두지 않았다.

'내가 스스로에게 건 봉인이 모두 세 개라서 아직은 확실하지 않다. 나머지 두 개의 봉인도 해제해야만 모든 것이 확실해지겠군.'

또 다른 면으로 봤을 때 전해진 정보는 믿을 수밖에 없는 상황이다.

다른 세계로 넘어가며 의혹을 느꼈던 것들에 대해서 상당한 부분을 해소할 수 있었으니 말이다.

'파악한 정보대로라면 스승님께서 거신 봉인 때문에 내가 건 봉인이 깨지는데 제약을 받았다. 중요한 것이겠지만, 내가 건 봉인이 해제되는데 방해가 될지도 모르니 내가 알게 된 정보가 맞는지 시험 삼아 한 번 해보자.'

전해진 정보가 사실인지를 확인할 수 있는 방법이 있다.

정말 내게 금제 같은 것이 걸려 있다면, 그것을 우회해 작동하지 않도록 하는 방법이 전해진 정보 속에 있었으니 말이다.

스승님의 봉인을 우회해 작동하지 않도록 한쪽으로 몰아넣을 수 있다면, 내가 타임 리셋한 것이 확실할 것이다.

정보가 전하는 방법대로 의식을 분리했다. 아니, 생각을 분리한다고 표현하는 것이 맞을 것이다.

생각이 일자 마치 프로그래밍하는 것처럼 순식간에 다른 의식이 만들어진다.

'으음, 생각보다 쉽군.'

아주 쉽게 생각이 분리되며 또 다른 의식이 생겨났다.

스승님의 봉인을 다른 의식으로 감쌌다. 본래의 의식과 단절이 되어버리는 것을 확인하며 연결 고리를 끊었다.

'아무 반발도 없는 것을 보면 확실하구나.'

의식에 기반을 둔 봉인이 아무 피해도 주지 않고 단절되었다. 이로써 내가 타임 리셋을 해서 미래로부터 과거로 온 것이 확실해졌다.

'태어나자마자 그런 일이 일어났다니… 녹령이 몸속으로 들어와 나와 하나가 된 것도 우연이 아니었던 건가?'

수많은 번개 속에서 할아버지가 어머니에게 준 구슬을 흡수하는 기억이 생경하다.

그렇지만 그로 인해 내가 녹령과 하나가 될 수 있었다는 것은 부정할 수 없는 사실이다.

'할아버지가 남긴 구슬을 전부 흡수한 후에 봉인을 걸기는 했지만, 프로그램된 것처럼 무의식적으로 움직이도록 한 것이었군.'

소장실에서 녹령을 훔쳐 달아나고 폭포에 뛰어든 후 수기를 얻은 것까지는 봉인을 걸기 전의 내가 계획한 일이다.

타임 리셋 전의 나는 할아버지가 남긴 구슬이 가진 기운을 전부 얻지 못했다.

흡수는커녕 수용소를 탈출하기 전까지 가지고 다니며 애를 쓰기만 했지, 얻은 기운이라고는 정말 쥐꼬리만큼이었다.

아저씨들이나 스승님이 전해준 것도 제대로 얻지 못했다. 얻은 것이라고는 잡술이라 불리는 것 몇 가지가 전부였다.

수용소를 탈출할 때도 마찬가지였다.

스승님을 돌아가시게 만든 놈들은 손도 대지 못했다. 그저 소장실에서 몇 개의 녹령만 가지고 도망을 칠 수 있었다.

간신히 폭포로 뛰어들었지만, 할아버지가 남긴 구슬은 그 와중에 잃어버리고 말았다.

가지고 있는 녹령도 얼마 되지 않아 수기도 일부만 흡수해 불완전한 능력자가 될 수밖에 없었다.

과거의 난 지금의 상태와는 전혀 다른 상황이었다.

'이번에는 필요한 것들을 완벽하게 얻었군. 그로 인해 이전과는 완전히 다른 능력들이 생겼고 말이야.'

비록 우연히 얻은 것일지라도 원하던 것을 모두 완벽하게 얻은 상태다. 이름 모를 구슬의 기운과 뇌전의 기운에 녹령까지 모두 얻었다.

그리고 아저씨들이 속해 있는 오상이라 불리는 신비 단체의 전승 절기와 스승님의 모든 것을 전수 받았다.

지난 날 후회스러웠던 일들을 타임 리셋 후 완벽하게 지워 버린 것이다.

'더군다나 천운으로 히든 게이트를 얻었다. 내게 남아 있는 정보대로라면 히든 게이트를 얻는 것은 계획에 없던 일이었는데 말이야.'

최상의 결과는 내가 히든 게이트의 주인이 되었다는 사실이다. 그토록 바라던 일을 이렇게 손쉽게 이룰 수 있었다는 사실이 믿을 수가 없다.

'어찌 되었든 내게 있어서는 최상의 결과로군. 게이트를 얻음으로서 두 번째 봉인을 풀 시기가 가까워졌으니 말이다.'

게이트의 주인이 된다는 것은 두 번째 봉인을 풀 준비가 되었다는 것이나 다름없다.

앞으로 한참이 지나야 해결될 일이 우연치 않은 기회로 빨라졌다.

어떤 과정에서 히든 게이트를 얻게 되었는지는 상관없다. 나로서는 최상의 결과를 얻었기 때문이다.

'봉인을 걸기 전에 내가 계획한 것에서 많이 틀어지기는 했지만, 오히려 좋은 상황이다. 덕분에 녹령과 하나가 되는 것을 넘어 새로운 세계를 얻기까지 했으니까. 계획보다 빨라졌으니 서둘러 봉인을 풀어야 한다. 미래의 정보를 안다는 것은 내게 큰 힘을 줄 테니까. 얻은 정보들을 최대한 빨리 정리를 해보자. 그러고는 인과율 시스템에서 얻은 정보들도 정리를 해야 한다. 그러기 위해서는……'

얻은 정보들을 수습해야 한다. 불완전한 정보 속에서 앞으로 어떻게 행동할지 생각해야 하니 말이다.

'제기랄! 그 계집애 때문에 신체가 엉망이다. 이자가 도와줄 때 최대한 몸을 회복해야 한다. 그렇지 않으면 이대로 죽을 수도 있으니까.'

일단은 몸부터 추슬러야 할 것 같다. 정보고 뭐고 죽게 생겼으니 말이다.

향긋한 향기가 코를 간지럽게 한다. 영약 같은 것을 먹일 모양이다. 이런 것은 줄 때 받아먹어야 한다.

'좋군.'

입속으로 들어온 영약이 식도를 타고 내려가자, 전신으로 따뜻한 기운이 퍼지기 시작했다.

죽지 않을 것 같다는 생각이 들자 이제야 나에게 영약을 먹인 사람의 얼굴이 느껴진다.

내 감각은 시각을 능가한다. 눈으로 보는 것보다 더욱 선명하게 상대를 알 수 있다. 그런 감각으로 느껴지는 얼굴에, 무척이나 흥분이 된다.

'크크, 네놈이냐?'

처음 조우한 후 한 번도 잊어먹지 않았던 자의 얼굴이다.

눈으로 보는 것은 아니지만 확실하다. 생을 마감하기 전에 뇌리에 깊숙이 새겨 넣었던 자이니 말이다.

매영의 수장인 유언상!

바로 그자다.

그자가 지금 나에게 도움을 주려 한다.

'영약을 먹이고 내기로 내상을 치료하려는 것인가? 이런 것이라면 얼마든지 해줘도 된다. 나로 인해 네놈들이 손해를 입는다면 나에게는 두 배의 이익이니까.'

유언상의 도움을 받기로 했다. 내게 이익이 되는 일이고, 매영에게는 손해가 되는 일이어서다.

놈이 인도하는 대로 기운을 맡겼다.

의심할 수도 있는 상황이라 자연스럽게 동조를 하며 상처를 치료했다.

'그나저나 정말 심각하게 당했군.'

생각보다 상처가 깊은 상황이다. 좋은 영약 덕인지 상처가 많이 회복되고는 있지만 아직은 멀었다.

'좀 더 확실한 치료가 필요하다. 이자의 눈을 피해야 하는데……'

확실히 치료를 하려면 내가 기운을 운기해야 한다. 유언상이 옆에 있어서 곤란한 상황이다. 운기를 하는 순간 곧바로 알아차릴 테니 말이다.

'기회가 곧 생기겠군.'

내가 어느 정도 안정을 찾았기 때문인지 놈은 나를 다른 곳으로 옮겼다.

그러고는 곧바로 다른 곳으로 가버렸다.

'급한 상황이라 응급치료를 한 것이로군. 하긴, 나보다는 최고 지도자라는 놈을 호위하는 것이 더 급한 일이겠지. 놈이 돌아오기 전에 해보자.'

놈이 내게 먹인 영단의 기운이 아직 몸 안에 많이 남아 있다. 영약의 잔재까지도 최대한 흡수를 해야 한다.

아무도 없는 상황이라 조심스럽게 심법을 일으켰다. 몸 바깥으로 기운이 흘러나가는 것을 억제하며 기운을 돌렸다.

'아주 좋아!'

느리지만 피를 따라 약 기운이 돌며 몸을 회복시키기 시작했다. 시간이 지나면 좀 더 좋아질 것 같다.

'으음, 죽일 놈들…….'

심법을 운용하며 계속해서 주변을 주시하고 있었는데, 옆 실험실에서 황당한 일이 벌어지고 있다.

죽은 심장을 다시 뛰게 만들고, 피를 빼내고 있었다.

피뿐만이 아니다. 내부 장기들과 신체 조직까지 빠짐없이 챙기고 있다.

아무리 죽으면 그만이라지만, 돌아가신 아저씨가 불쌍하다.

'내게로 오는 건가?'

사람 하나가 고깃덩어리가 되어 세상에서 사라진 후, 나를 구해줬던 아저씨가 내가 있는 곳으로 오고 있다.

오자마자 나를 살피더니 녹색 액체를 주입했던 것처럼 주사기를 준비하고 있다.

'뭘 하려는 거지? 다시 주사를 놓으려는 것이 분명한데, 어떻게 하는 것이 좋을까?'

염원이 가득한 눈빛이다. 눈빛으로 봐서는 내게 해가 되는 일은 아닌 것 같았다.

'으음, 날 위해서 그러는 것 같으니…….'

그동안 보여 준 것이 있기에 방어기제를 작동시키지 않았다.

푸슉!

주사기가 내 피부를 뚫고 빠른 속도로 액체를 주입한다.

하나만이 아니다. 연이어 주사를 놓는다. 각양각색의 색깔을 가진 액체들이다.

'상당한 기운이군.'

피를 따라 돌고 있는 액체들에서 여러 가지 기운이 느껴진다. 처음 주입 받았던 녹색의 액체보다는 못하지만, 하나같이 상당한 양의 기운을 간직하고 있다.

'조금 전에 먹었던 영약의 약효도 떨어져 가는 중이었는데, 마침 잘됐다.'

정말 고마운 일이다. 예상보다 빠르게 몸을 회복할 수 있을 것 같았다.

'으음.'

주사 맞는 것이 끝난 후 회복 속도가 기하급수적으로 빨라지기 시작했다.

주입된 것들이 상승작용을 일으킨 모양이다.

'이건 또 뭐지?'

이상한 곳에 나를 집어넣는다. 관처럼 생긴 모습의 특수한 용기다.

'굉장하군. 다른 기운이 전혀 느껴지지 않다니……'

용기 안에 들어간 순간부터 내 주변에서 일렁이고 있던 기운들이 전혀 느껴지지 않는다.

외부의 기운을 차단하는 장치가 되어 있는 것이 확실하다.

'외부로 표시되는 측정 장치가 하나도 없다. 거기에다 기운을 차단시키는 것을 보면……'

내게 주입한 것들을 들키지 않기 위해서 특별히 만들어진 용기가 분명하다.

'이 정도로 정교한 장치를 만들 정도면 상당히 알려진 사람일 텐데……'

나에게 도움을 주고 있는 사람이 누구인지 궁금하다.

최고 지도자라는 놈도 무시하지 않을 정도라면 꽤나 높은 위치에 있을 것 같은데, 전혀 기억에 없는 사람이었으니 말이다.

'어쩌면 그 사람일 확률이 높겠군. 만수연구소의 소장이었다는 그 사람이라면 설명이 된다.'

지금까지 지켜본 대로라면 온통 비밀에 가려져 있어 아무도 정체를 알지 못한다는 만수연구소장이 분명해 보였다.

'지금 급한 것은 그것이 아니다. 여기라면 최대한 심법을 가속시킬 수 있다.'

이것은 기회다.

지금 내 몸속을 떠돌고 있는 기운들을 모두 흡수할 수 있는 절호의 기회 말이다.

무리가 가지 않을 정도에서 심법을 최대한 운용했다. 혈맥을 따라 기운이 빠르게 흐르며 피와 기운의 흐름도 가속시켰다.

'으음, 좋구나. 잘하면…….'

퍼퍼퍼퍼퍽!

내상으로 인해 막혀 있던 혈맥들이 뚫렸다.

혈맥들이 단단해지고 넓어지는 가운데, 기운들이 빠르게 돌며 하단전에 있는 내단과 하나가 되어갔다.

하단전의 내단과 하나가 되었던 기운이 다시 흘러나와 중단전으로 향한다. 중단전을 아우르며 하나로 어우러진 뒤에 다시 머리 쪽으로 움직인다.

'좋다.'

머리를 간질이는 이 느낌이 좋다. 잘하면 상단전을 뚫을 수도 있을 것 같다.

퍼퍼퍼펑!

역시나 막혀 있는 백회가 뚫렸다.

'시원하다.'

굉장한 청량감이 몰려온다.

'잘하면…….'

기운이 도는 속도가 더욱 빨라졌다.

얼마나 빨리 도는지 그냥 멈춰 있는 것으로 느껴질 정도다. 상처를 회복하는 것을 넘어서 그토록 바라던 일이 내게 벌어질 수도 있다는 생각에 흥분된다.

'후우, 아쉽구나.'

영약과 주입된 액체가 지니고 있는 기운들을 전부 흡수했다.

덕분에 상처는 다치기 전보다 더욱 좋은 상태로 완전히 회복되었다.

그렇지만 조금은 아쉬운 상황이다. 조금만 더 있었으면 탈태환골까지 가능했는데 말이다.

'아쉬워하지 말자. 여기서 신체가 업그레이드 됐다면 유언상이라는 놈에게 의심을 받았을 테니까. 이제 여기를 떠나는 것 같으니 기회가 있을 것이다.'

엘리베이터가 다시 가동되기 시작한 상황이다. 아나나 다를까, 얼마 있지 않아 매영들이 몰려들어 왔다.

곧장 이동이 시작될 것이다.

생각대로 매영들은 내가 들어와 있는 용기를 실험실에서 지하 주차장으로 옮겼다.

'이 용기도 내 의식을 완전히 차단하지는 못하는 모양이다.'

녹색의 액체를 주입받은 후, 지기를 얻은 때보다도 훨씬 선명하게 주변이 느껴진다.

생각만 하면 주변이 마치 눈으로 본 것처럼 선명하게 느껴졌다.

그것도 사각 하나 없이 360도 전방위로 느껴진다. 기운을 차단하는 용기에 들어와 있는데도 불구하고 말이다.

'이목이 더 예민해졌다. 이건 마치 레이더 같군. 여러 가지 다른 것들을 내 몸에 주사한 것 때문인 건가? 아마 그것이 전부는 아닐 것이다. 상단전이 열린 것도 영향이 있었을 테지만, 그

것보다는 게이트 너머에서 일어난 일들 때문인 것 같은
데…….'

오행을 합일시킨 덕분인지, 아니면 인과율 시스템에 접근한
것 때문인지는 모르지만, 감각이 전보다 진일보했다.

시스템에 접속한 덕분에 인식의 범위가 달라진 것일 확률이
가장 높다.

'인지하는 감각이 이렇게 확 늘어난 것은 세계를 조율하는
정보들을 얻은 영향일 것이다. 탈태환골을 했다면 모를까, 이런
놀라운 변화가 발생할 만한 계기는 그것밖에는 없었으니 말이
다. 잘 된 일이다. 현실에서 내가 쓸 수 있는 능력이 강화될수록
살아날 확률이 높으니. 어디…….'

어느 정도 능력이 향상된 것인지 알아보기 위해서 감각을 넓
혔다. 투과하듯 뻗어나간 감각들이 주변의 정보들을 빠르게 전
해준다.

'대단하다.'

마치 신이 된 것 같은 느낌이다.

본격적으로 의식하자 놀라운 세계가 펼쳐졌다. 나를 중심으
로 상하좌우 사방의 모든 것이 느껴진다.

'으음.'

처음 접해보는 것이라서 그런지, 두통이 밀려온다.

'머리가 좀 아픈 것을 보니 과부하가 걸렸군. 너무 광범위하
게 인식을 해서 그럴 것이다. 자잘한 것들은 걸러내는 연습을

해야 할 것 같구나.'

아무런 부담 없이 지금처럼 인식을 하려면 그만큼 뇌를 사용해야 한다. 이렇게 과부하가 걸리는 것은 당연한 일이다.

이런 상태에서 직접적으로 전해지는 방대한 정보를 모두 인식할 필요는 없다. 그저 중요한 정보만 인식하면 충분하다. 그렇지 않으면 뇌가 타버릴 테니까.

시간이 조금 더 지나면 모를까, 아직은 내 뇌를 개발해서 능력을 향상시키는 것은 힘들다. 그 전까지는 편법을 사용하는 수밖에는 없다.

'계획대로만 된다면 그다지 어렵지 않을 것이다. 으음, 그나저나 놀랍군. 강바닥에서 100미터 정도 아래에 이런 거대한 통로를 만들다니 말이야.'

차가 달리고 있는 곳은 커다란 통로였다. 그것도 대동강을 따라 만들어진 지하 터널이다.

'어디로 가는 것인지는 모르지만 꽤나 길군. 어려운 공사였을 텐데 대단한 일이 아닐 수 없다.'

지하 터널은 상당히 길었다. 20여 분을 차로 달렸음에도 밖으로 나갈 기미가 전혀 보이지 않는다.

다른 곳도 아닌 대동강 지하에 이렇게 엄청난 토목공사를 한 것을 보면 매영이 가지고 있는 능력이 어디까지인지 궁금하다.

'위험스러운 일을 당했으니 안전한 곳으로 가는 것일 것이다. 필요가 있어 나를 데리고 가는 것일 테니 그리 걱정할 것은

없을 것 같구나.'

통로 끝에 무엇이 있을지 알 수는 없지만 한 가지는 확실하다. 중간중간에 들었던 말을 종합해 보면 나를 옮기는 것은 쓸모가 있기 때문이다.

'이제는 밖으로 나왔군.'

거의 30분이 지난 후에야 밖으로 빠져나온 것 같다. 해가 뜨는 것인지 따사로운 기운이 바깥에서 느껴진다.

기운을 북돋는 따뜻함에 나른해지기는 했지만 감각을 놓지는 않았다.

'도로가 깨끗하게 비워졌구나.'

장갑차와 함께 응급 차량이 도로로 나온 순간부터 인적이라고는 전혀 보이지 않는다.

미리 조치를 취해 차량들이 지나가는 시간대에 사람들이 다니지 않도록 통제를 한 것이 분명하다.

일반적인 국가라면 절대 불가능한 일이지만, 일인독재 체제로 수십 년간 이어져 온 공화국이기에 가능한 일이었다.

'꽤나 멀리 이동을 하는군.'

차가 계속해서 이동을 하고 있다. 분위기로 봐서는 목적지에 도착하려면 아직 먼 것 같다.

'멀리 이동을 하는 것 같으니 몸이나 살펴보자.'

아무리 봐도 차가 설 기미가 보이지 않는다. 목적지가 멀었다는 뜻이기에 변화된 몸을 살펴봐야 했다.

'몸이 굉장히 좋아졌다. 그 여자와 싸웠을 때보다는 훨씬 나아진 느낌이군. 그러나 좋아지기는 했지만 그뿐이다. 수련을 제대로 해내야 스승님과 아저씨들에게 배운 것들을 써먹을 수가 있겠다.'

싸우기 전보다 더욱 힘찬 활력이 느껴지는 것을 보면 육체가 변했다.

그렇지만 이런 상태로는 수용소에서 배웠던 것들을 사용하는 데 많은 무리가 있었다. 제대로 단련이 되지 않은 상태니 말이다.

'이정도의 몸 상태라면 일 년만 죽어라 수련하면 배웠던 것들을 써먹을 수 있을 것 같구나.'

우려할 필요가 없는 상황이다.

게이트 너머의 세계에 있는 육체가 오행을 담았고, 제한적이기는 하지만 시스템의 정보를 사용할 수 있는 상태다. 그동안 배워왔던 것들을 수련만 제대로 해내면 된다.

'그나저나 그 여자는 뭐였지? 타임 리셋 전에도 본 적이 없었던 것 같은데……'

지하 실험실에 있을 때 싸웠던 여자가 생각난다. 사람이라고 볼 수 없을 정도의 움직임에, 강력하기 그지없는 힘을 가지고 있었다. 그럼에도 전혀 정보가 없는 여자였다.

첫 번째 봉인이 해제되면서 나와 연관된 존재들에 대해서는 전부 알게 됐다.

봉인이 전부 해제되지는 않았지만 한 번도 본적이 없는 것만은 분명하다. 관련이 되었다면 정보가 있을 테니까 말이다.

'대단한 여자였다.'

아주 강력한 힘을 지니고 있었다. 녹령을 전부 얻지 못했다면 생사를 장담하지 못했을 터다.

그 정도의 능력을 지닌 존재는 내가 살았던 회귀 전의 시기에도 결코 흔하지 않았다. 누구인지 알아봐야겠다. 변수가 될 수도 있는 존재 같으니까 말이다.

'그나저나 이렇게 살아난 것이 용할 정도다. 정체가 무엇인지 모르지만 최고 지도자라는 놈을 노리고 있는 것이 분명한 이상, 앞으로는 주의를 기울여야겠구나. 괜한 불똥이 나에게 튈수도 있으니까 말이야.'

다시 생각을 해봐도 정말 위험한 존재다.

자칫 엄한 놈 옆에 있다가 벼락을 맞을 수 있으니 조심을 하는 것이 최선의 방법이다.

'아함, 피곤하군.'

위험한 순간이 지났다고 생각하니 졸음이 쏟아진다. 사실 그동안 많은 무리를 했다.

인과율 시스템에 접근한 것도 그렇고, 내가 건 첫 번째 봉인이 풀린 것 때문인지 정신적인 피로도가 상당했다.

'감각은 열어 놓고 한숨 자도록 하자.'

새로운 곳에 도착하면 신경을 곤두세워야 할 것 같으니 잠을 자둘 필요가 있었다.

'이런! 이제야 기억이 나다니.'

잠을 자려고 하다가 한 가지 생각이 났다.

잠이라는 키워드에 아저씨들이 내게 전해준 것 중 하나가 불현듯 기억이 난 것이다.

수용소에 있는 동안 아저씨들로부터 굉장한 것들을 배웠다. 전에는 구경조차 해보지 못했던 것들이다.

그중에 하나가 지금 내가 하려는 것이다.

'피곤을 푼다고 그냥 잠만 자면 손해다.'

의식과 감각을 유지한 채 자면서도 수련을 하는 방법이 있다. 보통 사람으로서는 절대 불가능한 일이지만, 아저씨들에게 배운 대로라면 충분히 가능한 일이다.

이번이 시험해 볼 수 있는 좋은 기회다.

'그나저나 아저씨들이 어떻게 그런 것들을 알고 계신 것인지 모를 일이다. 전에는 언급도 하지 않았던 것인데 말이야.'

아저씨들은 100여 년 전에 사라졌다고 알려진 오상이라는 이면 조직의 사람들이다.

오상은 조선 시대에 사대부라 불리던 선비들이 만든 조직이다. 무인들에게 대적하기 위해 고려 말에 만들어졌다고 한다.

조선을 건국하는데 일조했고, 일제강점기까지 암중에서 지배하다가, 조선 말기 무렵 갑자기 사라져 버린 조직이다.

사라진 이유는 밝혀지지 않았는데, 짐작 가는 것이 하나 있기는 하다.

조선 말기 오상을 만들 당시의 이상은 사라지고, 많은 이들이 권력투쟁에 뛰어들었다.

당시 오상 내부에는 같은 곳에 소속해 있으면서도 동지들을 죽여 권력을 쟁취하는 것에 혐오를 느낀 이들이 많았다.

그로 인해 오상의 진정한 뜻을 이으려는 사람들이 실망한 나머지 이탈해 자신을 숨겼고, 힘이 분산되면서 자연적으로 무너졌을 것이다.

'아마도 아저씨들은 그런 이들의 후손이겠지.'

사실 아저씨들은 오상에 대해 전혀 알려주지 않았다. 내가 오상에 대해 알게 된 것은 스승님 덕분이다.

'회귀하기 전에는 몰랐는데 말이야.'

회귀 전에는 오상에 대해서 몰랐었다. 내가 가진 능력이 얼마 되지 않아 스승님께서 자신이 가진 것을 전부 전수해 주시지 않았기 때문이다. 오상에 대한 이야기도 마찬가지였다.

'이것도 회귀하고 나서 달라진 것 중 하나지. 그나저나 수련을 시작할 수 있을 것 같으니 어디까지 가능한지는 모르겠지만 한 번 해보자.'

자면서 하는 수련법은 여러 단계가 있다.

처음 하는 것이지만 내가 가지고 있는 경험이라면 초기 단계는 충분히 가능하다.

주변을 경계하며 의식을 분리한 상태라 천천히 잠에 빠지기만 하면 되었다.

잠이 온다.

편안하고도 깊은 잠이…….

1996. 10. 17. (목) 15:00.
금수산 궁전 호위총국 집무실.

김윤일은 의아한 표정으로 자신의 전면에 무릎을 꿇고 있던 복면인을 향해 물었다.

"작전이 실패했다는 것인가?"

"그렇습니다. 주군."

"이상하군. 분명 흑운이 갔다고 하지 않았나?"

세상이 바뀐 이후부터 흑운의 손에 걸리면 살아남은 자들은 없었다.

누구의 보호를 받든, 숨어 있는 곳이 어디든 흑운의 표적이 되면 죽음을 면하지 못했다. 지금 보고를 받고 있는 것이 사실이라면 최초의 실패라고 봐야 했다.

"바로 앞까지 접근을 했지만, 거사를 성공시키기는 어려웠다고 합니다."

"으음."

전부 따라 들어가지 못하도록 사전에 치밀하게 손을 썼으니 매영은 아닐 것이다.

'안에 있던 매영들을 처리하는 것은 그다지 어렵지 않았을 것이다. 그렇다면……'

누군가에게 제지를 당했던 것이 분명했다. 어쩌면 새로운 실력자의 등장일 수 있었다.

"어찌 된 일인지 말해 보게."

아버지가 가진 새로운 카드라면 판세가 흔들릴 수도 있었기에 김윤일이 물었다.

"놈들이 먼저 진입을 했기에 그곳까지 침투하는 것은 어렵지 않았다고 합니다. 맞춤형으로 만들어진 실험체를 제거하는데 성공한 후가 문제였다고 합니다. 그러니까……"

복면인은 차분히 설명을 이어갔다. 이야기를 듣고 있던 김윤일의 눈에 놀람이 스쳤다.

"그러니까 다른 실험체가 있었고, 흑운을 막은 것이 바로 그 실험체라는 말이지?"

"그렇습니다."

김윤일의 반문에 복면인이 부복하며 말했다.

"이번에 간 흑운이 일호라고 하지 않았나?"

"맞습니다. 주군께서 지시한 대로 저희들 중 최고의 실력을 지닌 일호를 보냈었습니다."

"으음, 그렇다면 아버지는 최고의 카드를 이미 손에 쥐고 있었던 것이로군."

김윤일이 눈살을 찌푸렸다.

"그것은 아닐 것입니다. 주군, 실험체를 거의 반죽음 상태로 만들어 놨지만 매영이 들이닥치는 바람에 거사에는 실패했다고 하니 말입니다."

김윤일은 복면인이 무슨 뜻으로 하는 말인지 알아들었다. 저지를 당했지만 실패의 진짜 원인은 매영 때문이라는 말이었다.

"그렇다면 일호를 상대했던 실험체는 아직은 미완성이라는 말이로군."

"그렇습니다. 시간만 충분했다면 처리를 할 수 있었을 것이라고 합니다."

"으음, 세 가지 목적 중에 하나만 달성했으니 실패나 다름없는 상황이군. 그렇지만 나쁘지는 않아. 이제부터 아버지를 위한 실험은 할 수 없을 테니 말이야."

"맞습니다. 맞춤형으로 만들어진 실험체가 파기됐을 테니 연구는 더 이상 진전이 없을 것입니다. 아무리 그자라 할지라도 수령님을 상대로 직접적인 인체 실험은 할 수 없을 테니 말입니다."

"알았다. 눈치가 빠른 양반이니 꼬리를 모두 자르도록 하고, 연관이 있는 자들을 모두 지워라."

자신에 대해 의심을 하겠지만 직접 손을 쓰지는 못할 것이라는 것을 알기에 김윤일은 증거가 될 만한 것을 모두 없애도록 지시를 했다.

"알겠습니다. 주군."

"이만 가봐라."

"예, 주군."

복면인은 대답을 마친 후 김윤일에게 다가와 발등에 입을 맞추었다. 그러고는 무릎걸음으로 뒤로 물러나 비밀 통로를 통해 집무실을 나섰다.

"그런 수를 감추고 있었다니, 내 아버지이기는 하지만 정말 양파 같은 양반이야……."

무엇을 얼마나 더 감추고 있을지 감이 잡히지 않는다. 그만큼 많은 것을 감추고 있는 존재가 자신의 아버지였다.

그리고 아버지는 자신의 아들이라고 해도 용서를 하지 않을 양반이었다.

"그림자들 쪽은 알아서 꼬리를 자를 테니 나머지도 확실히 처리를 해야겠군. 후후후, 이제부터는 몸을 사리고 쥐새끼들을 잡는데 주력해야 하는 건가?"

흑운에게 흔적을 지우라고 명령한 이상 의심은 있을망정 위해가 되는 직접적인 행동을 취하지는 않을 것이다. 심하게 해봤자 권력의 중심부에서 밀어내는 것뿐이었다.

밀려나지 않기 위해서는 알아서 기어야 했다. 이제 실패를 대비해 예비해 놓은 것을 실행할 때였다.

김윤일은 인터폰을 집어 들었다.

"지금 호위총국에 누가 있나?"

— 부국장님이 있는 것으로 알고 있습니다.

"내가 보자고 한다고 연락을 하도록."

— 알겠습니다.

부국장을 부른 이유는 다른 것이 아니었다. 암살의 배후를 가리기 위한 작전을 시행하기 위해서다.

흑운에 앞서 실험실로 침투한 자들이 있다. 공화국의 해방을 부르짖는 이들이다.

공화국을 좀먹는 쥐새끼들인지라 호위총국을 통해 잡게 되면 이목을 돌릴 수 있다. 자신이 입지를 잃을 염려는 없는 것이다.

생각을 정리하는 사이, 얼마 지나지 않아 호위총국의 부국장인 유형택이 집무실로 들어왔다.

"부르셨습니까?"

"고생이 많소."

"아닙니다."

"쥐새끼들을 잡아야 할 것 같소."

"으음."

김윤일의 말에 유형택이 신음을 흘렸다.

'거사가 실패를 한 모양이구나.'

쥐새끼 소탕 작전은 만약을 위한 계획이었다.

어차피 해야 할 일이지만 곧바로 시행한다는 것은 거사가 실패했다는 것을 뜻했다.

"너무 염려할 것 없소. 놈들을 소탕하게 되면 의심은 사라질 테니까 말이오."

"완전히 말살시키도록 하겠습니다."

거사가 실패할 경우를 대비한 작전이다. 공화국 체제에 반기를 든 반체제 인사들을 체포해 이목을 돌리고 죄를 전가하기 위한 안전장치다.

체포된 자들을 심문하다 보면 자신들이 밝혀질 수도 있기에 말살을 시켜야 했다.

"아니오. 놈들을 비롯해 가족까지 정치범 수용소에 보내도록 하시오."

"정치범 수용소로 말입니까?"

"그렇소. 어차피 놈들은 혐의를 벗을 수 없소. 그곳을 찾아간 것은 놈들이 결정한 일이니까."

"무슨 뜻인지 알겠습니다."

완벽하게 물증을 감추었다는 뜻이었기에 유형택은 김윤일의 뜻을 알았다.

"맞소. 쥐새끼들이기는 하지만 공화국에 보탬이 되어야 하니 말이오. 뼈저린 후회도 안겨줘야 하고 말이오."

"그렇게 조치하도록 하겠습니다."

"이제 그만 나가보시오."

"처리한 후 보고를 드리겠습니다."

유형택은 빠르게 집무실을 나섰다.

이미 만반의 준비를 끝내 놓고 있는 터라 작전에는 차질이 없을 터였다.

자신의 사무실로 돌아온 유형택은 곧장 전화를 걸었다. 상대가 전화를 받자 지시를 내렸다.

"쥐 몰이를 시작한다."

지시에 반응하는 목소리는 없었다.

대답도 듣지 않고 전화는 끊어졌고, 유형택은 책상 서랍을 열어 권총을 꺼내 허리춤에 찼다.

꿈이지만 꿈이 아니다.

현실과 같이 생동감이 넘치는 세계가 꿈속에서 펼쳐졌다. 꿈속에는 내가 생각하는 이상적인 공간이 만들어져 있었다.

상상으로 만들어진 것이기는 하지만 실제나 다름없는 공간에서의 수련이다.

실제로 하는 것에는 미치지 못하겠지만 이 수련의 결과로 내 몸은 조금씩 변해갈 것이다.

'게이트를 넘어갔을 때처럼 능력을 사용할 수 있을 때까지 수련은 힘들겠지만 내가 목표하고 있는 정도까지 도달하기 위해서는 최대한 노력을 해야 한다.'

내가 얻은 정보대로라면 머지않아 기회가 찾아온다.

그 기회를 놓치지 않기 위해서는 지금의 실력을 다른 세계의 내 수준까지 최대한 끌어올려야 한다.

'시작하자.'

스승님께서 남기신 것들과 아저씨들이 나에게 전해주신 것들을 하나하나 익혀 나갔다.

주로 육체 수련 위주로 진행했다. 이미 기운을 품고 있는 몸이라 그것을 사용할 육체를 만들기 위해서다.

하나하나 시전을 하며 배웠던 것들이 어떤 식으로 전개되는지 몸과 마음에 새겼다.

육체 수련은 몸에 새기는 것이 최고라고 하지만, 마음에 새기는 것도 중요하다.

육체적인 인식도는 현실이 아니라 낮겠지만 정신적인 면으로는 최고다.

거의 무의식 수준에 가깝게 시전을 할 수 있게 된다면 어느 정도 목표에 근접할 테니 말이다.

'으음. 이제 시간이 거의 다 됐나 보군.'

한참 수련을 하고 있는데 의식이 가물거린다. 수련을 끝낼 시간이 된 것 같다.

'나머지는 다음에 잘 때 해야겠구나.'

분리한 의식과 경계가 모호해진 시간이다. 내 의식이 감당하기 어렵다는 뜻이기에 분리한 의식을 지웠다.

의식이 흐려지기도 했지만, 내가 잠을 벗어나려는 이유는 주변이 심상치 않아서다.

생각이 일자 곧바로 잠에서 벗어났다.

'으음, 산속으로 들어 온 지도 꽤 됐는데……'

연구소 같은 곳을 떠난 지 네 시간이 지날 무렵부터는 깊은 산속을 달리고 있다.

시속 50킬로미터에 가까운 속도로 달리던 장갑차가 갑자기 속도를 줄인 후부터 주변이 무섭도록 고요하다. 산짐승들도 기척을 바짝 죽인 채 숨을 죽이고 있다.

통행이 철저히 통제가 된다는 뜻이기도 하지만, 무엇인가 있다는 뜻이기도 했다.

'이렇게 깊은 산속까지 길을 만들다니, 대단하기는 하군. 꽤나 괜찮은 실력자들로 주변을 통제하는 것을 보면 은신처로 가는 건가?'

숲을 지나가는 동안 상당수의 인원이 매복해 있는 것이 느껴진다. 철저하게 통제가 되는 장소로 이동 중인 것 같다.

암살을 당할 위험에서 벗어나자마자 이동해 가는 곳이라니 안전한 장소일 것이다.

'으음, 계속 가면 길이 없을 텐데?'

거의 직선이나 다름없는 길의 끝은 커다란 산자락이다. 암산인 것 같은데, 그 이후로는 길이 보이지 않는다.

'산 밑에 은신처가 있는 건가? 아니면 동굴이라도……'

막다른 곳으로 가고 있다. 동굴이라도 있는 것 같다.

위험으로부터 안전하게 머물 수 있을 것 같기는 하지만 최고 지도자에게는 어울리지 않는 곳이다.

한동안은 머물러야 할 것 같은데 장갑차까지 동원해 이동하는 장소가 동굴이라니 말이다.

최고 지도자가 머물기에는 불편할 것 같은 곳으로 가고 있는 것 같아 조금 이상하다.

'왜 서는 거지?'

이동하는 차량들이 천천히 멈춰 선다.

차량들이 선 곳 앞에는 거대한 절벽이 가로막고 있었다.

주변에 사람이 머물 만한 공간이라고는 하나도 없는 곳인데 멈춰 서다니 이해가 가지 않았다.

제2장

그르르릉!

'으음, 절벽이 통째로 이동을 하다니?'

막다른 곳에 도착했나 싶었는데 굉음과 함께 절벽이 옆으로 미끄러지며 커다란 통로가 나타났다.

'이상하군. 이 안에 공간이 있다는 사실을 전혀 인식하지 못했다.'

주변을 인식하는 데는 전혀 문제가 없었다.

그런데 절벽 안에 이런 통로가 있다는 것은 전혀 알아차리지 못했다.

내 인식을 가로막는 뭔가가 있는 것이 분명하다.

'그나저나 돈깨나 쏟아부었겠구나.'

차량 서너 대가 동시에 출입할 정도의 통로다. 규모가 장난이 아닌 것을 보면 상당한 돈이 든 것이 분명하다.

통로가 완전히 열리자 장갑차를 비롯해 나를 태운 응급차가 곧장 안으로 이동했다.

그르르르릉!

쿵!

절벽이 다시 닫히는지 굉음이 통로 안을 울린다.

'길을 차단하는 모양이구나.'

절벽 안쪽을 인식하지 못했던 것과는 달리 바깥을 알 수 있어 다행이다.

절벽이 제 모습을 찾은 후 장갑차가 들어온 숲길 사이로 일단의 병력들이 움직이는 것이 느껴진다.

'아예 길을 지워 버리는구나.'

비트를 만들어 매복해 있던 이들이 밖으로 나와 바위와 나무들을 이동시켜 차량이 지나온 길을 막고 있는 중이다.

빠른 속도로 차량들이 들어온 길을 따라 무게로 인해 만들어진 흔적들도 싹 지워 버렸다.

그것뿐만이 아니다. 겹겹이 부비트랩을 설치하며 숲을 철옹성으로 만들고 있었다.

작업이 끝나는 시간도 얼마 걸리지 않았다. 그러고는 이내 비트 속으로 숨어들었다.

'많이 해본 솜씨로군. 기계적으로 움직일 정도로 훈련을 받은 것 같구나.'

마치 개미들처럼 일사분란하게 움직여 길을 없애는 것을 보면 꽤나 고된 훈련을 받은 것 같다.

'이제 다 온 건가?'

절벽 안으로 들어온 차량들도 얼마 지나지 않아 멈춰 섰다. 목적지에 도착한 것 같다.

장갑차가 열린 후, 곤하게 잠든 최고 지도자가 깨지 않도록 후송하는 자들이 조심스럽게 침대를 이동시켰다.

나 또한 응급차에서 내려져 최고 지도자와는 다른 방향으로 옮겨졌다.

바깥이 분주한 것과는 달리 다들 차분하게 움직이고 있었다.

'생각한 대로구나.'

최고 지도자가 도착한 곳은 매영이라는 곳의 근거지가 분명한 것 같다.

이 정도의 경계와 은밀함을 유지하는 곳이라면 대한민국을 멸망시킨 배후라는 그들 외에는 없을 것 같으니 말이다.

'상당하구나.'

동굴이기는 하지만 다른 곳과는 사뭇 달랐다. 거대한 공동이 통짜의 바위로 둘러싸인 형태였다.

거대한 암반 안에 자연적으로 만들어진 구조물인 탓에 침입조차 쉽지 않을 것 같다.

'으음, 화산 지대였나 보군.'

공동을 이루는 바위의 재질이 현무암으로 이루어진 것을 보면, 먼 옛날 화산 분출로 인해 만들어진 것으로 보였다.

'일부러 뚫어 놓은 건가?'

희한하게도 사각으로 커다란 구멍이 두 개나 나 있었다. 정동과 정서를 향해 뚫려 있는데, 그곳으로 따뜻한 햇볕이 들어오고 있었다.

그뿐만 아니었다. 암반을 뚫고 올라오는 샘이 있어서인지 햇빛이 들어오고 있는 곳에는 식물들도 자라고 있었다.

바위로 이루어진 안쪽은 인간이 거주하기에 최적의 조건을 갖추고 있었다.

'은신처로는 이만한 곳이 없겠군. 거주지로도 아주 좋은 곳이다. 첨단 시설들도 설치한 것으로 봐서는 비밀 실험도 하는 것 같은데……'

공동의 가장자리를 이루는 바위에는 사람들이 지나다닐 수 있는 계단들이 여기저기 나 있었다.

'엘리베이터까지 설치되어 있다니……'

설치되어 있는 엘리베이터는 모두 두 대였다. 공동의 정북과 정남쪽에 각각 한 대씩 설치가 되어 있었는데, 이용하는 용도가 다른 것 같다.

최고 지도자 놈이 누워 있는 침대는 정북에 있는 엘리베이터를 향해 움직이더니 곧장 위를 향해 올라갔다. 내 의식도 그들을 따라 움직였다.

'꽤 공을 들였군.'

최고 지도자가 이동한 곳은 동쪽 구멍이 바라다 보이는 곳에 위치한 방이다.

공동의 최상층부에 해당하는 곳으로, 절벽 안쪽을 깎아서 만든 곳이 분명했다.

'정말 아방궁이 따로 없구나.'

방 안쪽은 상당히 호화롭게 꾸며져 있었다.

바위산을 깎아 만들어진 곳으로는 믿어지지 않을 정도로 값비싸 보이는 집기가 구비되어 있었다. 의료 장비로 보이는 것들도 곳곳에 설치되어 있었다.

'호화스럽기는 하지만 일반적인 방은 아니다. 매영의 근거지라고 생각을 했는데, 어쩌면 최고 지도자라는 놈을 위해 만들어졌다는 만수연구소라는 곳이 이곳일 수도 있겠구나.'

최고 지도자를 위한 연구소가 있다는 이야기를 아저씨들로부터 들은 적이 있다.

최고 지도자 단 한 명을 위해 존재하는 곳으로, 만수연구소라 불리는 곳이 있다는 것을 말이다.

공동 안에서 흰 가운을 입은 이들이 간간이 보이고 있다. 어쩌면 이곳이 만수연구소라는 곳일지도 모른다는 생각이 점점 강하게 들었다. 아니, 그럴 것이다.

내가 누워 있는 침대는 정남쪽에 있는 엘리베이터로 갔다. 그러고는 지하를 향해 내려가기 시작했다.

'지하에 다른 시설들이 있는 모양이구나.'

땅속 깊은 곳에서 사람들의 기운이 느껴진다.

상당히 많은 수의 사람들이 움직이는 것을 보면 지하에도 상당한 시설이 만들어져 있는 것 같다.

'짐작대로 만수연구소라면 이곳은 최고 지도자라는 놈을 위한 실험이 진행되는 공간일 확률이 높다. 내려가 보면 확실해지겠지.'

엘리베이터는 곧장 지하를 향해 움직였다. 도착한 곳은 지하 깊숙한 200미터 정도 되는 곳이었다.

타타타탁!

흰 가운을 입은 자들이 침대로 달려들었다. 연구원으로 보이는 자들이다.

"여기서부터는 통제구역이니 우리들이 옮기겠소."

"마지막 남은 실험체이니 조심하라는 박사님 전갈이오. 그리고 혈액검사는 하지 말라고 하셨소."

"알겠소."

"그럼 수고하시오. 우린 이만 가보겠소."

매영들은 나를 인계하더니 다시 엘리베이터를 타고 지상으로 올라갔다.

"신속히 이동해라. 소장님이 오시기 전까지 모든 검사를 마쳐야 한다."

"예."

지하로 내려오자마자 연구소의 가장 중지로 보이는 곳으로 곧바로 옮겨졌다.

다른 침대로 옮겨진 후에 연구진들에 의해 각종 계측 장비들이 내 몸에 채워졌다.

장비들을 채우는 연구진들의 손길이 아주 조심스러웠다.

최고 지도자를 위한 실험체들 중 최종 프로토 타입이 나밖에 남아 있지 않아서 그런 것 같다.

'여기서도 검사가 진행될 모양이구나. 꽤나 까다로운 절차로 군. 아무래도 최고 지도자라는 놈을 위한 일이니까 그런 것이겠 지.'

지금의 공화국을 이끌어가는 중심에 선 이가 최고 지도자다.

군부를 한 손에 쥐고 철혈의 독재를 이어가고 있는 터라 만약 최고 지도자가 없다면 공화국 자체가 사라질 것이기에 당연한 조치일 것이다.

'지키던 자들에게서 느껴지던 기운도 그렇고, 단순한 곳이 아닌 것만은 분명하다.'

사방을 둘러싼 자들은 호위총국에서 파견 나와 수용소를 지 키던 병력들과는 차원이 달랐다.

아주 은밀하면서도 내밀한 기운을 가지고 있는 것을 보면 나 를 살렸던 자가 키운 자들이 틀림없다.

첨단 시설이 갖춰진 것은 물론이고, 찾아보기 힘들 정도로 정예인 자들이 지키고 있는 것을 보면 이곳이 만수연구소인 것이 분명하다.

'그나저나 이름에 어울리지 않게 이토록 맑은 기운이 넘실대는 곳이라니? 후후후! 재미있군.'

정말 엄청난 곳이다. 자연의 기운들이 풍족하다 못해 넘쳐흐르는 곳이 라니.

사실 이런 곳은 찾아보기 정말 힘들다. 무극지보다는 못하지만 자연지기라 일컬어지는 것이 다른 곳보다 수십 배나 풍족한 곳이었다.

세계가 변화한 후 자연지기가 농밀해진 스팟이 수도 없이 생겨났다.

수용소 주변에도 이런 곳이 있었고, 폭포수 아래 있던 그 공간도 스팟이라고 할 수 있다.

'이곳에 만수연구소가 자리를 잡고 있다면 그리 단순한 곳은 아닐 것이다.'

무극지를 제외하고 이곳보다 자연지기가 충만한 곳은 없을 것이다. 종류를 가리지 않고 오행지기가 모두 충만하게 말이다.

이런 공간이 평범한 곳일 리는 없다.

매영의 본거지이고, 최고 지도자의 건강을 책임지는 만수연구소라고는 하지만 과분한 면이 없지 않았다.

'이곳이 뭐하는 곳이건 간에 나에게 있어서는 정말 다행스러운 일이다. 현실 세계에서 나머지 기운을 어떻게 얻을지 고민이

많았는데.'

다른 세계와는 달리 현실 세계에서 얻은 것은 수기와 지기뿐이다. 지기는 수기에 비해 반절도 되지 않았고, 나머지 오행의 기운도 얻기는 했지만 아주 일부분일 뿐이다.

이곳에는 두 가지 기운뿐만 아니라 금기와 목기, 화기가 충만하다. 나로서는 최고의 공간이다.

'화기가 드센 것을 보면 아무래도 화산 지대였을 가능성이 높겠군.'

이곳에 머물고 있는 오행기 중 가장 많은 것은 화기다. 그것도 아주 진한 농도를 가진 화기다.

이런 종류의 화기라면 화산 지대밖에는 없다. 화산 지대라 그런지 수기를 제외한 모든 기운들이 충만한 곳이다.

화산 지대인 덕분에 화기는 기본적으로 깔려 있고, 지하에서 올라온 마그마로 인해서인지 금기 또한 매우 농도가 높다.

더군다나 바깥은 오랜 세월동안 자리 잡은 원시림으로 인해 목기가 꽉 차 있다.

나에게는 기연의 장소나 다름없는 곳이기에 기분이 더할 나위 없이 좋다.

'이자들이 검사를 하거나 말거나 기운이나 흡수하자. 언제 무슨 일이 벌어질지 모르니 말이야.'

아직은 안심하기 이른 상황이다.

최고 지도자를 위한 실험동물이 될 수도 있는 마당이니 여유가 있을 때 뭐든 준비를 해야 한다.

'으음, 좋구나.'

스승님께 배운 대로 심법을 운영하니 화기와 목기, 금기가 물 밀듯이 밀려든다.

'오행의 균형이 깨진 상태라서 흡수 속도가 빨라졌구나. 나로서는 좋은 일이다.'

자연은 평형을 유지하는 것을 좋아한다.

내 몸속에 가득 차 있는 수기와 그에 버금가는 지기 때문인지 균형을 맞추기 위해 나머지 기운들이 들어오는 속도가 장난이 아니다.

게이트 너머의 세계에서 오행의 기운을 전부 하나로 만들어 본 경험 탓에 순조롭게 흡수하는 데 문제는 없었기에 정신을 집중하며 기운을 흡수했다.

'내게 제일 필요한 것은 정보다. 마음을 둘로 나누면 충분히 알아볼 수 있을 테니 한 번 살펴보자.'

계측이 진행되는 동안 기운을 흡수하면서 주변을 살펴보기로 했다.

사람들이 많은 곳이라 정보를 얻을 수 있을 것 같아서다. 이들이 어떤 생각을 가지고 나를 데리고 온 것인지 알아야 대처를 할 수 있으니 말이다.

기운이 어느 정도 안정 상태를 이루는 것을 확인한 후 감각을 확장시켰다.

안으로 들어와서 그런지 인식이 막히는 곳이 없어 다행이다.

'으음, 지하라서 이곳뿐이라고 생각했는데 꽤나 넓은 곳이군. 암석이 거의 5킬로미터나 둘러싸고 있다니⋯⋯. 핵폭탄이 터진다고 해도 그리 크게 문제가 되지는 않을 것 같구나.'

지하 공간은 생각보다 무척이나 넓었다.

두꺼운 암석층에 가려진 공간은 거의 원형에 가까웠다. 자연이 아니고서는 인공적으로는 절대 만들 수 없는 공간이다.

인기척을 따라 감각을 확장시키니 공간 구조를 파악하는 것이 가능했다.

'내가 있는 곳 말고도 다른 층이 있구나.'

지하는 모두 다섯 개 층으로 이루어져 있었다.

각 층마다 꽤나 많은 수의 사람들이 모여서 뭔가를 하고 있었다. 이야기하는 것이나 움직이는 모습을 봐서는 연구원들이 분명했다.

'설치된 장비가 전부 다른 것을 보면 구역마다 연구하는 것이 다른 모양이군. 하지만 결론은 하나겠지. 장비들이 비슷한 것을 보면.'

장비를 살펴보면 어떤 연구를 하고 있는 것인지 대략은 짐작이 갔다. 언젠가 러시아에서 한 번 봤던 장비들이니 말이다.

연구원들이 하고 있는 연구는 인간의 능력을 극대화하기 위한 것들이다. 만수연구소에서도 이런 연구를 하고 있었다니 꽤나 놀라운 일이다.

'최고 지도자란 놈의 수명을 연장하는 것뿐만 아니라 능력 강화까지 진행이 됐었다면 조금은 의문이 풀리는구나. 내가 그 장비를 봤던 시기가 지금으로부터 15년 후다. 지금 시기에 그때 보았던 장비들보다 더 뛰어나 보이는 것들을 갖추고 연구를 하고 있다면 다른 곳보다 최소 10년 정도 앞서서 능력자들을 양산했을 테니까.'

다양한 핵무기로 위협하며 세계를 상대로 큰소리를 치며 맞섰던 북한이다.

그렇게 보이는 부분뿐만 아니라, 이면 세계에서까지 세계를 상대로 고개를 숙이지 않았다.

아마도 그렇게 할 수 있던 이유가 만수연구소에 있는 것이 아닐까 하는 생각이 든다.

쉽게 알 수 있는 것들이 아니니 만수연구소에서 진행되는 연구는 두고두고 확인을 해야 할 것 같다.

'어떤 식으로 연구가 진행이 되는지는 지나보면 알 것이다. 어차피 이곳에 오래 머물 것 같으니 이번에는 공동을 한 번 살펴보자. 이곳에 대해서 전부 알아야 할 것 같으니.'

북한의 핵심이라고 할 수 있는 곳이다. 이곳이 어떤 식으로 만들어진 곳인지 확인을 할 필요성을 느꼈다.

의식을 더욱 집중했다. 지하를 벗어난 인식이 공동의 벽면을 따라 올라가며 공간을 확인했다.

'지하를 빼놓고는 별로 바뀐 곳이 없다. 자연 상태에서 일부

만 구조를 바꾼 모양이군.'

방이 몇 개 있지만 별다른 것이 없었다. 호텔 객실처럼 사람이 머물게 만들어진 공간일 뿐이었다.

'머물 공간이 별로 없어서인지 지하에 비해서 공동에 의외로 사람이 많지 않구나. 지하에 모든 것을 만든 것은 이곳을 벗어나지 못하도록 통제하기 위해서겠군.'

연구원들은 지하에 있는 연구소에서 일을 하면서 숙식까지 해결하는 것 같다.

연구원들이 숙식을 하는 공간이 지하에 별도로 있었던 것을 보면, 지상으로는 거의 나오지 않는 모양이다.

'어디, 지금은 뭐하고 있는지 볼까?'

연구실이나 공동에 있는 다른 곳은 다 훑어봤다. 최고 지도자라는 놈이 뭐하고 있는지 궁금해졌다.

감각을 더 확대해 최고 지도자라는 놈이 있는 곳까지 인식의 범위를 확장시켰다.

'후후, 팔자가 늘어졌군.'

전망이 제일 좋은 곳에서 최고 지도자라는 놈이 휴식을 취하고 있는 중이다.

'궁금했던 이들이 모두 있군.'

나를 살려줬던 사람과 매영의 수장으로 보이는 자도 그곳에 같이 있었다. 모두가 내 생존에 있어서 중요한 사람들이다.

그들은 대화를 나누고 있었는데, 아무래도 무슨 이야기를 하는지 들어봐야 할 것 같다.

최고 지도자의 전용 휴식 공간에는 지금 박명호와 유언상이 같이 자리하고 있었다.

급격히 안색이 좋아지는 것을 바라보며 두 사람은 최고 지도자가 깨어나기를 기다리고 있었다.

"으음."

"최고 지도자 동지! 정신이 좀 드십니까?"

"기분이 매우 좋군. 얼마 만에 느껴보는 활력인지 모르겠어."

박명호의 물음에 어느 때보다 활력이 도는 신체를 느끼며 최고 지도자가 기분 좋게 말했다.

"이번 시술은 매우 성공적인 것 같습니다. 최고 지도자 동지."

"모두 자네 덕분이네. 박 박사."

"아닙니다."

"그나저나 만수연구소에 도착한 것을 보니 별다른 이상은 없었던 모양이군."

최고 지도자가 유언상을 바라보며 말했다.

"암살이 실패했기 때문인지 몰라도 별다른 움직임은 없었습니다."

반란 세력을 끌어내기 위한 작전의 일환이었다. 아주 은밀하게 진행되었지만 만만한 자들이 아닌 모양이었다.

"바보가 아닌 이상 뭔가 있다는 것을 알아차렸을 테니 꼬리를 잡지 못했다고 너무 아쉬워하지 말게."

"아닙니다. 허허실실의 계책이었는데 시간을 벌어서 저는 만족하고 있습니다. 놈들을 끌어내는 것도 중요하지만 최고 지도자 동지보다 우선할 수는 없으니 말입니다."

사실 최고 지도자는 위험한 상황이었다.

신체가 변이를 일으키는 과정이 아직 끝나지 않은 상태였기 때문이다.

안정을 이루지 못했기에 특별한 기운에 자그마한 충격이라도 받으면 신체가 붕괴에 이를 수도 있었던 것이다.

장갑차를 타고 공개적으로 이동한 것도 이런 이유에서였다. 비밀리에 움직였다면 다시 암살 위험에 처할 수도 있기에 아예 공개적으로 움직인 것이다.

지나가는 경로에 있는 모든 부대에 비상을 걸고 병력을 대기시켰다.

또한 비밀리에 특수 군단과 매영이 호위하게 함으로써 함정이라는 생각을 적대 세력에 심어주었다.

나타나는 순간 타격을 할 것이라는 것을 공개적으로 내비침으로서 최고 지도자의 안전을 도모한 것이다.

그것은 최고 지도자도 잘 알고 있는 일이었다.

"그나저나 이번에 확인된 것은 없었나?"

"아직까지 확실히 파악된 것은 없습니다."

"뭔가 움직임이 있었을 텐데, 이상하군."

"놈들이 모습을 드러내지는 않았지만, 호위총국에서 움직인 모양입니다."

"호위총국에서?"

호위총국은 자신의 후계자인 아들이 맡고 있었다. 최고 지도자가 궁금한 눈빛으로 물었다.

"암살 시도가 있었다는 소식이 전해진 것인지 평양에서 불순 세력에 대한 대대적인 체포 작전과 함께 연관자들에 대한 숙청 작업이 진행되고 있다고 합니다."

"으음, 숙청 작업이 진행되고 있다고?"

"호위총국의 군관들은 물론이고, 당 간부들을 비롯해 거의 천여 명에 달하는 이들이 체포되었다는 전갈입니다."

상당한 수의 인원이 체포되었다는 말에 최고 지도자의 눈이 빛났다.

"앞서 침투했던 자들과 관련이 있는 자들이겠지?"

"정황상 그럴 확률이 매우 높습니다."

"물을 흐리게 하려는 전형적인 술책이로군. 보란 듯이 드러내다니 말이야."

"그런 것 같습니다. 그만한 인원을 체포해 수용소로 압송한다는 것은 쉽지 않은 일입니다. 미리 준비하지 않았다면 그렇게 조치하기 어려운 일입니다. 아무래도 꼬리를 잘라내려는 것 같습니다."

"알았네. 녀석이 내가 감춘 카드를 보고 싶은 것 같으니 아직은 그냥 놔두도록 하게."

"조사를 중단하시는 겁니까?"

후계자를 그냥 놔두라고 하는 것이 미심쩍어 유언상이 물었다.

"아니야. 조사는 그냥 진행하도록 하게. 그 녀석의 세력이 어디까지 뻗어 있는지 자세히 알아봐야 하니까. 그리고 한 번 실패했다고 가만히 있을 녀석도 아니고 말이야."

"준비를 철저히 한 것 같아 어렵기는 하겠지만 최대한 캐보도록 하겠습니다."

"그렇지만 오래 끌지는 말게. 그리고 반응을 보이면 바로 중단을 하게. 자칫 다음 수를 알아차릴 수도 있으니."

"그렇게 하겠습니다."

"고생하게. 자네는 그만 가보도록 하게. 빨리 돌아와야 그 아이를 가르칠 것이 아닌가?"

"알겠습니다. 최고 지도자 동지."

유언상은 고개를 숙여 보인 후에 곧바로 방을 나섰다. 최고 지도자의 시선이 박명호에게 머물렀다.

"자네도 고생했네. 정말 위험한 순간이었어."

"아닙니다."

"그 아이는 어떻게 할 생각인가?"

"최고 지도자 동지의 대역에게서 필요한 것들은 전부 회수를 했으니 다시 실험을 시작했으면 합니다."

"아니야. 그러지 말게."

최고 지도자가 손을 흔들었다.

"실험을 중단하라는 말씀입니까?"

자신의 안위와 관련이 있음에도 실험을 중단하라는 지시에 박명호가 놀라 물었다.

"내 대역에게서 회수한 것만 있어도 이제는 충분한 상태가 아닌가?"

"그렇기는 합니다."

최고 지도자의 신체는 이제 완전히 변이된 상태다.

이런 상태를 유지하기 위한 물질들만 확보되어 있다면 문제가 없는 상황이다.

"어차피 다음 단계로 넘어가야 하는 상황이라 그 아이가 거의 필요 없다는 것쯤은 나도 아네. 그러니 실험체로 쓸 바에야, 공화국의 든든한 버팀목으로 키우는 것이 좋지 않겠나?"

"매영과 약조하신 것을 듣기는 했지만, 그래도 되겠습니까? 최고 지도자 동지."

"이미 약조한 상황이네. 무엇보다 매영의 비전들이 그 아이에게 전해진다면 나에게도 꽤나 도움이 될 것이고 말이야."

"알겠습니다. 그러면 말씀하신 대로 따르겠습니다."

"그래, 이제 자네는 어떻게 할 생각인가?"

"무슨 말씀이십니까?"

무엇을 묻는지 몰라 박명호가 반문했다.

"자네가 해야 할 역할을 잘 끝냈으니 앞으로 어떻게 할 생각이냐 묻는 거네."

"저는……."

"하하하, 원하는 것을 말해 보게. 뭐든지 말이야. 원한다면 공화국 최고의 미녀를 안겨줄 테니. 나 때문에 결혼도 못했지 않은가?"

"저야 최고 지도자 동지께 일생을 바쳤습니다. 여자는 관심도 없고 말입니다."

"정말 아무것도 없는가?"

"하나 있기는 합니다."

"그래, 뭔가?"

자신의 전담의가 된 이후로 한 번도 뭔가를 원한 적이 없다는 것을 알기에 최고 지도자가 눈을 빛내며 물었다.

"매영이 후계자로 키우려는 아이에게 제 모든 것을 물려주고 싶습니다."

"자네의 모든 것을?"

자신이 아는 한 박명호는 세기의 천재이기는 하지만 세상사에는 별다른 관심이 없는 사람이다. 그런 그가 실험체에게 관심을 보이고 있으니 흥미가 돋았다.

"제대로 성장을 해야겠지만 자질이 있어 보이니 앞으로 최고 지도자 동지를 전담할 아이로 키우고 싶습니다. 그리고……."

"그리고?"

"저에게는 자식이 없으니 그 아이를 양아들로 삼았으면 합니다. 최고 지도자 동지."

"하하하, 좋아! 좋아!"

최고 지도자가 파안대소를 터트렸다.

박명호에 이어 자신을 전담할 의사로 키우고 싶다는 말도 그렇고, 양아들로 삼겠다는 것도 마음에 든 모양이다.

자식도 믿지 못하게 된 터라 믿을 만한 이를 곁에 두게 된다는 것이 무엇보다 기꺼웠던 것이다.

"아버지와 아들이 대를 이어 나를 위해 일한다니 기분이 좋군. 내 허락할 테니 양아들이 아니라 자네 아들로 삼아 버리게. 그에 대한 조치는 내가 취해주겠네."

기분 좋게 웃던 최고 지도자는 자신을 바라보는 박명호를 보며 말했다.

"감사합니다. 최고 지도자 동지."

"기대해 보겠네. 어떤 인재가 될지 말이야."

"최선을 다해 키우겠습니다."

"좋아. 나 또한 지원을 아끼지 않겠네."

"감사합니다."

"으음, 이제는 좀 쉬고 싶군. 자네도 이만 나가보게."

"예, 그럼 편히 쉬십시오."

최고 지도자의 지시에 박명호는 고개를 숙여 인사를 한 후 방을 나섰다.

나에 대한 의논이 끝나는 것을 지켜본 후 감각을 닫았다.

'어느 정도 안심을 해도 되겠군.'

나에게 좋은 감정을 지니고 있는 사람이 양아들로 삼겠다고 했고, 최고 지도자라는 자식도 그것을 승낙했으니 안전에 대해서는 문제가 없을 것 같다.

'하지만 내 출신에 대해서는 반드시 조사를 하게 될 텐데… 큰일이군.'

수용소에서 평양으로 보내던 실험체 중에는 내가 없었다는 것을 머지않아 알게 될 것이다.

나를 양아들로 삼겠다고 한 사람이 어떻게든지 조치를 취하려고 할 테지만 한계가 있을 것이 분명하다. 공화국이라는 동네가 그리 만만한 곳이 아니니 말이다.

'15년 전의 사건을 보면 공화국에는 세계를 한눈에 아우르고 있는 정보 조직이 존재한다는 것은 분명하다. 그러니 아무리 감추려고 해도 언젠가는 내 정체가 드러나고 말 것이다. 어떻게 하면 좋을까?

아직까지도 어떤 힘을 가지고 있는지 완전히 파악되지 않은 곳이 바로 공화국이다. 강대국들도 그 때문에 섣불리 공화국을 어쩌지 못한다.

공화국이 불가사의한 힘을 지녔다는 사실은 15년 전의 사건으로 증명이 된다. 내가 수용소에서 태어날 수밖에 없었던 그 사건 말이다.

'세계를 경악으로 몰고 갔던 그때 그 사건은 정확히 내가 어머니의 배 속에 있던 해에 일어났다고 하셨지.'

스승님께서 하신 말씀으로는 믿을 수 없는 사건이 15년 전에 일어났다.

공화국은 15년 전, 선전포고와 동시에 무력을 사용해 전격적으로 대한민국을 집어삼켰다고 한다.

어둠 속에 숨어 대한민국 점령을 끝까지 주재한 이들이 바로 매영이라는 이야기를 들었다.

'대한민국이라는 국가의 이름은 사라져 버리고, 먼 옛날의 일이 되어 버렸지. 바로 매영 때문에 말이야.'

세계를 가지고 놀았던 매영이다. 그런 매영이 내 출신을 알아내지 못할 리는 만무하다.

하지만 지금은 걱정을 해봤자 아무 소용이 없는 일이다.

'여차하면 이곳을 빠져나가야 하니, 그동안은 기운을 흡수하며 수련에만 전념하자.'

막강한 능력을 가진 매영이 나에 대해 알아낸다고 해도 그 때까지는 어느 정도 시간이 있을 것이다.

결국 조사를 하겠지만 지금까지의 일을 보면 아직은 나에 대한 의심이 전혀 없는 것 같으니 말이다.

어느 정도 안전도 확보가 됐고, 특별하게 할 일도 없는 상황이다. 상당한 상처를 입고 있으니 이대로 잠을 자며 수련하는 것이 내게 남아 있는 최선의 방법이다.

'그럼 화기부터 본격적으로 흡수하자. 화기와 수기가 반발하는 힘을 이용해 지기를 키우고, 금기와 목기는 세 기운의 힘을 빌려 흡수하면 될 것이다.'

화산 지대 지하로 깊숙하게 내려온 탓에 화기가 충만한 지역이다. 수기가 지나칠 정도로 충만하니 일단 화기부터 본격적으로 흡수하는 것이 좋을 것 같다.

'일단 수기와 같은 양이면 충분할 것이다.'

자연의 기운이라고는 하지만 수기가 지나칠 정도로 많아 균형이 어긋난 상태다. 녹령과 스승님께 배운 심법으로 균형을 맞추고 있다고는 하지만 언제 터질지 모르는 시한폭탄이다.

어느 한쪽이 기울어지지 않도록 해야 하기에 화기를 흡수하는 것에만 집중하는 것이 좋았다.

'으음, 정말 엄청난 양이다.'

심법을 운용하자마자 따뜻한 기운이 밀려든다. 수기와 마찬가지로 엄청난 기운이다.

땅속 깊숙한 곳에 있는 화맥을 옮겨다 놓은 것처럼 끊임없이 밀려드는 화기의 양이 장난이 아니다.

'잘못하면 타 죽는다.'

의식을 하고 흡수하려 하자 힘이 들었다. 무의식 중에 흡수할 때 자연스럽게 균형을 맞추던 것과는 완전히 달랐다.

심법을 운용해도 잘 제어가 되지 않는 상황이라 마음이 급해진다.

'으음, 아직도 남아 있었나?'

제어가 풀리려는 순간, 뭔가가 움직였다. 고통스러울 정도의 열기를 느끼자마자 혈맥 속에 있던 녹령이 화기와 섞여 들어가고 있었다.

화기가 녹아들자 심장도 강력하게 펌프질하며 계속해서 혈액을 공급했다.

'휴우, 다행이다. 녹령이 움직여서 화기가 심맥을 손상시키는 것을 막았구나.'

본격적으로 녹령이 녹아든 혈액들이 화기를 흡수하기 시작하자 안정적으로 심법이 운용됐다. 그렇지 않았다면 온몸이 타버렸을 것이다.

'엄청난 열기를 간직하고 있기는 하지만 이제부터는 나에게 별다른 해를 끼칠 수는 없을 것 같구나. 수기와 본격적으로 부딪치기 전에 남아 있는 녹령을 최대한 이용해 화기를 흡수해야겠다.'

수기를 흡수할 때의 속도보다도 훨씬 빠르게 흡수가 되고 있는 상황이다. 집중하지 않으면 폭주할 가능성이 높았다.

화기의 양이 많아질수록 제어하기가 힘들기에 더욱 정신을 차려야 한다. 어느 정도 시간이 지나자, 무리 없이 화기를 흡수할 수 있었다.

'점점 통제가 쉬워진다. 아마도 몸이 변한 탓일 것이다.'

녹령과 수기로 인해 최상의 신체로 변했다. 덕분에 혈맥과 기맥이 넓어졌고, 어느 정도 안정이 되자 흡수하기 쉬워진 모양이다.

'으음.'

화기의 양이 많아질수록 정신이 아득해지는 느낌이다.

전신을 돌아다니며 흡수되는 화기 때문인지, 아니면 심법의 영향 때문인지, 점점 무아지경에 빠지는 것 같다.

'그냥 이대로 있자.'

의식을 잃은 것이 아니기에 별다른 걱정은 하지 않는다. 내가 위험해지게 되면 알아서 정신이 깨어날 테니 말이다.

'어쩌면 다른 세계의 몸으로 갈지도 모르겠구나.'

의식을 잃을 때마다 게이트 너머에 있는 다른 세계에서 눈을 떴다. 이번에도 마찬가지로 다른 세계에서 눈을 뜰 것 같다.

의식이 꺼지는 것과 동시에 다른 의식이 눈을 떴다.

사뭇 걱정스러운 눈빛으로 나를 바라보고 있는 엘리멘탈들이 보인다.

'인과율 시스템과는 접속이 끊어진 모양이구나.'

이곳을 움직이는 시스템과 접속이 끊긴 것을 확인하고 일어서려 했다.

[아직 더 누워 있어야 해요.]

지모의 의지가 들려왔다.

"그냥 일어나도 괜찮을 것 같은데?"

[아직 끝나지 않았어요.]

번쩍!

지모의 말이 끝나기도 전에 무슨 상황인지 알 수 있었다.

번쩍이는 섬광과 함께 끝없는 지식이 밀려들었기 때문이다.

그것은 이 세계에 대한 정보였다.

세계를 이루는 인과율과 다른 세계를 연결하는 시스템 안에 있는 것들이 밀려 들어왔다.

"크으으윽."

인간이 간직하기에는 너무 엄청난 정보라서 그런지, 머리가 빠개질 것 같은 고통이 찾아왔다.

그리고 어느 순간, 꺼지듯이 고통이 사라졌다.

"뭐지?"

[인식하실 수 있는 한계까지만 정보가 유입된 거예요.]

"인식의 범위가 넓어지면 더 많은 정보가 들어오는 건가?"

[그래요. 다른 세계를 알아가시게 되면 인식이 확장될 거에요. 시스템은 그에 맞춰서 정보를 드릴 거구요.]

"재미있군. 그나저나 너희들 성장한 것 같은데?"

지모를 비롯한 다섯 엘리멘탈들의 모습이 변해 있었다. 조금 더 성숙해지고 몸집도 커졌다.

[당신의 인식이 커진 만큼 우리도 성장을 했어요. 정말 고마워요.]

[고마워요.]

지모의 의지에 맞춰 다른 엘리멘탈들도 고마움을 표시했다.

'고마우면 고마운 거지. 저렇게 선정적으로 인사를 하는 것은 뭐지? 차라리 눈을 감는 것이 낫겠다.'

아예 모두 벗는 것이 나을 정도로 보기 민망한 모습이다. 자신들의 몸매를 은연중에 드러내고 있다.

부끄럽지도 않은 모양이다. 배우자로 여긴다고 하더니 노골적으로 추파를 던진다.

"단정히 좀 하지?"

[왜요? 보기 좋지 않으세요?]

"내 나이가 몇 살일 것 같아?"

[호호호, 어려도 할 것은 다 할 수 있답니다.]

"자꾸 이러면 강제하는 수밖에 없을 것 같은데 말이야."

나를 놀리려는 것 같아 기세를 달리 했다.

파파파파팟!!

내 기세에 놀랐는지 순식간에 모습이 바뀌었다. 선정적인 모습은 사라지고 어느새 청순한 모습이다.

'나도 밝히는 놈인가?'

내가 원하는 대로 가릴 곳은 다 가렸는데 어째 조금 섭섭한 기분이 든다.

'별 생각을 다하는군.'

이제부터가 중요하기에 잡생각을 지웠다.

"이제 세계를 열면 되는 건가?"

[그래요. 갇힌 세계를 여는 것은 인과율 시스템에 접속한 당신만이 가능한 일이니까요.]

"그럼 열도록 하지."

[우리도 준비를 할게요.]

다섯 엘리멘탈들이 내 주위를 둘러섰다. 그리고는 오행기를 내뿜었다. 유형화된 오색의 기운이 나를 향해 쏟아지는 모습이 무척이나 장관이다.

'기운을 받아들여 엘리멘탈들과 소통한 후에 세계를 향해 뿜어내야 한다.'

그녀들의 기운을 흡수하며 소통하려 애썼다.

그녀들과의 교류가 세계를 여는 첫 번째 열쇠이기 때문이다.

기운이 차츰 동화되어 하나로 합쳐지더니 혼돈의 상태가 되어 버린다. 태초의 시작이라는 카오스 상태다.

의식도 마찬가지다. 그녀들과 동조를 이룬 후, 세계를 향해 확장되어 간다.

인과율 시스템에 접속해 받아들인 인과율과 정보들이 의식을 따라 세계로 퍼져 나간다.

이제 하나의 세계가 새롭게 열린 것이다.

"끝났어요."

옥구슬처럼 찰랑거리는 목소리다. 눈을 떠보니 아름다운 소녀가 눈앞에 서 있다.

그녀의 본질을 단번에 알 수 있었다. 엘리멘탈을 대표해 나와 대화를 나누었던 지모다.

"어떻게 된 거지?"

"새로운 세계가 열린 것과 동시에 우리에게도 권능이 생겼어요. 권능을 가지게 되면 인간으로 변신하는 것은 아주 쉬운 일이죠."

그냥 변신이 아니다. 인간으로서 완벽한 육체를 가지고 있는 상태다.

"다른 이들도 마찬가지인가?"

"네!!"

합창하듯 대답을 하는 소녀들도 마찬가지다. 지모와 마찬가지로 엘리멘탈들은 완벽한 인간으로 변해 뒤에 서 있었다.

"그렇군. 그럼 이제 어떻게 해야 하는 거지?"

"여행을 시작해야지요. 새로운 세계가 열리기는 했지만 아직은 완벽한 것이 아니니 말이죠."

"내가 불완전한 곳들을 일깨워야 하는 모양이군."

"맞아요. 다른 세계와 연결된 곳들이 아직은 불안한 상태에
요. 당신이 직접 움직여야만 완벽하게 이어질 수 있을 거예요."

이곳과 연결된 세계는 모두 일곱 군데다.

내가 얻은 인과율 시스템의 정보는 이곳에만 국한된 것이다.

연결된 접점의 불완전한 상태를 바로잡으려면 내가 직접 움
직여야 하는 것 같다.

제3장

3

뭔가 감추고 있는 것은 분명하다.

그렇다고 해도 게이트의 주인이 되어보지 못한 나로서는 이들의 말을 따라야 한다.

"알았다. 곧바로 떠나도록 하지."

"우리도 준비할게요."

"너희들도 같이 가는 건가?"

"균열을 막으려면 저희들의 힘도 필요할 거예요."

지모가 재빠르게 대답한다.

"그런가?"

"맞아요!!"

이구동성으로 말하며 고개를 끄덕인다. 솔직히 반신반의지만 도움이 될 것 같기는 하다.

"좋아. 대신에 사고를 치면 동행은 없다."

"알았어요!!"

각양각색의 목소리가 하나로 들려왔다.

"가자."

"그래요."

이제 여행이 시작되었다. 어떻게 될지 모르는 여행이지만 의미는 없지 않을 것 같다.

인식의 범위가 세계를 아우른다. 그것은 경이로운 느낌이자 새로운 감각이었다.

'어떤 존재들이 살아가는 것인지는 모르지만 나로 인해 시작된 것만은 분명하다.'

새로운 세계가 열린 후 그 안에서 살아가는 존재들이 느껴진다. 나와 같은 인간일지, 아니면 엘리멘탈일지는 구분이 가지 않지만 의지를 가진 존재들인 것만은 분명하다.

미약하게나마 존재들의 의지가 전해져 오니 말이다.

"이쪽으로 가야 해요."

지모가 나를 이끈 곳은 올라왔던 절벽과는 반대 방향이다. 절벽 쪽의 환경도 변해 있었기 때문인 것 같다.

처음 내가 게이트를 넘어온 곳은 사라지고 없었다. 힘겹게 올라온 절벽도 가파르게 이어진 산등성이로 변해 있었다. 세계가 열리면서 변해 버린 모양이다.

숲을 벗어난 후 반대편 등성이를 따라 아래로 내려갔다. 상당 시간 내려오자 주변의 풍경이 변했다.

숲은 사라지고 빙하 지대가 나타났다. 고도차 때문에 기온이 떨어져 만들어진 빙하였다.

'한쪽은 훈훈한 온기가 풍기는 맨땅이고, 다른 쪽은 냉기가 감도는 빙하 지대라니. 재미있군.'

경계가 선명하도록 양쪽이 다른 것을 보니 다섯 엘리멘탈이 모여 있던 곳을 중심으로 결계 같은 것이 펼쳐진 모양이다.

빙하 지대로 들어섰지만 그다지 춥다는 생각은 들지 않았다. 그것은 엘리멘탈들도 마찬가지인 것 같다.

추위를 느낀다면 얇디얇은 옷을 입었음에도 소풍을 가는 소녀들 마냥 나풀거리듯 뛰어다니지는 않을 테니 말이다.

빙하 지대를 지나는 데 걸린 시간은 거의 세 시간 정도였다. 기온이 얼마나 낮은지는 몰라도 웬만한 존재는 발을 디딜 엄두도 내지 못할 정도의 추위가 몰아치는 곳이었다.

그렇게 빙하가 끝나고 난 뒤에는 부서진 암석들로 이루어진 곳이 나타났다. 빙하 지대를 벗어났다는 생각에 뒤를 돌아보았다.

'저렇게 가려져 있으면 다들 빙하로 뒤덮여 있는 곳인 줄 알겠군.'

가만히 내려온 곳을 보니 경계를 이루는 곳부터 정상까지 뿌연 기운에 휩싸여 있다.

구름도 아니고 안개도 아닌 것이 감싸고 있어, 그 안에 무엇이 있는지 보여주지를 않고 있었다.

다시 고개를 돌려 산 아래를 보았다. 날이 맑아서 그런지 모르지만 시야가 꽤나 넓고 길다.

멀리 초원과 숲이 펼쳐져 있는 것이 보인다. 그 사이를 뭔가가 꼬물거리고 있었다. 생명체가 움직이고 있는 모양이다.

"이제 머지않아 평지가 나타날 거예요."

"한참을 내려가야 할 것 같은데?"

"지금 내려온 것 같은 속도라면 그렇겠지만, 이제부터 달려 내려가면 시간이 많이 절약될 거예요."

빙하 지대를 내려올 때도 거의 평지를 달리는 수준이었다. 그런데 새삼 달린다니 의미를 모르겠다.

"그럼 먼저 내려갈게요."

팟!!

지모가 자리를 박찼다. 눈 깜짝할 사이에 시야에서 사라진다.

"먼저 갈게요."

파파파팟!

다른 엘리멘탈들도 자리를 박찼다. 지모에 못지않은 속도로 아래를 향해 내려간다.

"후후후, 저 정도 속도가 달리는 거군."

100미터를 거의 2초 만에 도달하는 속도를 달린다고 하다니,

역시나 나와는 개념이 다른 존재들이다. 일반 자동차가 최고 속도를 내는 것을 그저 달린다고 하니 말이다.

"후후후, 그렇지 않아도 배웠던 것들을 시험해 봐야 했는데 한 번 해볼까?"

먼저 내려간 엘리멘탈들을 쫓아가려면 경공을 펼치는 수밖에는 없었다.

팟!

뒤를 쫓아 자리를 박찼다.

파파파파팟!

공간을 격하는 느낌으로 다리에 기운을 담아 내달렸다.

오랜만에 펼쳐보는 것이라 다리가 약간 엉키는 느낌이 없지 않아 있었지만 시간이 갈수록 원활해지고 있었다.

파파파파팟!

다섯 개의 빛줄기처럼 무지막지한 속도로 아래로 치달리는 엘리멘탈들의 모습이 보인다. 사람으로 화신했지만 저런 모습을 보니 역시나 다른 존재임을 알 수 있었다.

'쫓아가 볼까?'

파파팡!

다리에 기운을 더하고 속도를 높였다. 몇 번 움직이지 않았는데 어느새 같이 달리고 있는 중이다.

원시림이 나타났지만 우리를 방해하지는 못했다.

나무 사이를 뚫고 지나가기도 하고, 위로 뛰어올라 나뭇가지를 밟고 이동하면서 아래로 내려갔다.

팟!

파파파파팟!

숲을 지난 후 달리는 것을 멈추자 엘리멘탈들이 동시에 멈추어 섰다.

"광활하군."

숲이 끝나니 끝도 없이 펼쳐져 있는 초원이 눈에 들어왔다.

"아주 넓네요."

"동물들도 많은 것 같군."

초원 안에서 움직이는 존재들이 느껴진다.

산 위에서는 몰랐는데 어떤 존재인지 확실히 느껴진다. 각양각색의 동물과 곤충들이 초원에서 살고 있었다.

"으음."

앞으로 이동하니 눈앞으로 거대한 동물들이 풀을 뜯고 있는 모습이 보였다.

'들소들이로군.'

미국에 있다는 들소와 비슷한 모습이지만, 조금 다른 동물들이 앞을 지나치고 있다.

'어마어마하게 크군.'

체고가 거의 내 두 배가 넘는 거대한 들소들이다.

어림잡아도 3미터가 훨씬 넘는 들소 떼들은 천천히 풀을 뜯으며 이동하고 있었다.

'현실 세계와 자연환경이 유사한 세계인 건가?'

초원에서 살고 있는 것은 들소뿐만이 아니었다.

풀 사이를 돌아다니고 있는 들쥐도 있고, 사냥을 나온 도마뱀들도 있었다.

날아다니는 메뚜기와 이름 모를 곤충들은 수용소 근처에서 흔하게 볼 수 있던 종류들이었다.

'비슷하기는 하지만 덩치가 다르군. 최소 두 배 이상의 몸집을 가진 것들뿐이다.'

자연환경은 같았지만 생명체들이 달랐다.

자연의 기운이 충만한 곳이라서 그런지는 몰라도 대부분 현실 세계보다 큰 몸집을 지닌 것들뿐이었다.

들쥐만 하더라도 작은 강아지만 한 것이었으니 말이다.

"인간도 있는 건가?"

"어떻게 아셨어요?"

무심결에 흘러나온 말에 반응을 한 것은 수모였다.

"으음, 인간도 살고 있었군."

"그래요. 당신과 같은 존재들이 아주 많이 살고 있어요. 우리 모습도 그들을 본떠서 만든걸요."

"얼마나 살고 있지?"

"직접 보시는 것이 나을 거예요. 도시가 멀지 않은 곳에 있으니까요."

"속도를 좀 내도록 하지."

"그래요."

파파파파파팟!

수모가 먼저 앞장을 서고 나머지는 뒤를 따랐다.

내 마음이 급해진 것을 아는 것인지 수모는 내려올 때보다 거의 두 배나 빠른 속도로 달리고 있었다.

그렇게 우리는 시속 300킬로미터에 가까운 속도로 초원을 가로질렀다.

우우우우웅!

강렬한 진동음이 대기를 강타했다.

무엇과도 비교할 수 없는 충격파가 천지에 가득했다.

게이트 너머의 다른 세계에서는 어떤 일이 벌어질지 누구도 예측하지 못한다.

테라 나인의 알파팀은 서로를 바라보며 누구라 할 것 없이 지금 상황이 심상치 않다는 것을 느꼈다.

'젠장! 최대한 대비를 해야 한다.'

뭔지 모를 거대한 존재의 기운을 느끼며 긴장 상태를 유지한 채 전투 준비에 들어갔지만, 탱크는 부족하다고 느꼈다.

'이런!!'

척!

팀장인 탱크는 주변의 기운이 급격히 변화하는 것을 느끼고는 급히 수신호를 보냈다.

제레미와 유리안은 급히 입고 있던 슈트를 작동시켰다.

척! 척!

머리를 비롯해 전신을 감싸는 슈트다.

작동하기 무섭게 슈트는 두 사람의 전신을 촘촘히 에워쌌다. 탱크 또한 이미 완벽하게 복장을 갖추고 있었다.

― *세계가 붕괴될 수도 있으니 정신 바짝 차려라.*

― *예.*

― *예.*

두 사람의 대답을 들었지만 찌푸려진 탱크의 인상은 풀리지 않았다. 대기를 강타한 충격파가 무엇을 의미하는지 잘 알기 때문이었다.

'제발, 내 짐작이 틀려야 할 텐데⋯⋯.'

게이트 너머의 세계는 아주 불안정하다.

스팟과 연동한 차원 에너지인 에테르가 게이트를 여는 촉매였기에 안정을 이루기 힘들기 때문이다.

덕분에 불행한 사태가 여러 번 발생했다. 스팟이 사라지는 여파로 인해 세계가 붕괴되는 사태가 몇 번 일어났던 것이다.

'전부 돌아오지 못했었지.'

탐사를 위해 들어갔던 팀들 중에 세계의 붕괴를 맞고도 돌아온 이들은 하나도 없었다.

몬스터가 출현하면 살아서 돌아갈 확률이라도 있지만, 세계가 붕괴되면서 안에 있던 존재들이 모두 소멸되어 버렸던 것이다.

'뭐지?'

긴장한 상태로 상황을 지켜보던 탱크는 더 이상의 변화가 없다는 것을 깨달았다.

'이렇게 끝난 건가?'

강렬한 충격파가 발생한 이후부터 긴장한 것이 허무할 정도로 변화가 없었다.

─ 유리안, 감지기는?

─ 별다른 이상 징후가 나타나지 않고 있습니다.

─ 에너지 안정성이 어떤지 살펴봐라.

─ 들어올 때와는 달리 매우 안정적입니다.

─ 좌표가 고정된 것으로 보이나?

─ 그런 것 같습니다.

─ 으음.

좌표가 고정이 됐다는 것은 자신들이 들어온 세계가 변화했다는 것을 뜻했다. 그럼에도 세계가 붕괴되지 않았기에 조사를 해볼 필요가 있었다.

─ 유리안, 너는 계속해서 감지기를 살펴라. 제레미와 나는 탐색을 해보겠다.

─ 예! 탱크.

― 제레미, 너는 우측을 탐색해라. 나는 좌측을 맡겠다.

― 맡겨 주세요.

― 가자!!

파팟!

탱크와 제레미가 움직이기 시작했다.

파파파팟!

가지고 있는 능력을 전부 개방한 탓에, 두 사람이 치달리는 속도가 무척이나 빨랐다.

유리안을 가운데 두고 두 사람은 부채꼴 모양으로 퍼져나가며 주변을 빠르게 살폈다.

― 좌측, 이상 무!

― 우측, 이상 무!

5킬로미터를 치달은 두 사람은 곧바로 상황을 통보했고 유리안은 바로 다음 지시를 내렸다.

― 역으로 원을 그리며 살펴보십시오.

지시가 끝나자마자 두 사람은 원을 크게 그리며 되돌아 후방 5킬로미터까지 탐색을 마친 후 유리안에게 돌아왔다.

두 사람은 일종의 센서 역할을 담당했다.

탐색 구역은 10킬로미터지만 슈트와 연동된 센서는 바깥 20킬로미터까지 감지가 가능하기에 실제로는 30킬로미터의 방대한 지역을 탐색한 것이나 마찬가지였다.

― 탐색된 것이 있나?

원래의 자리로 돌아온 탱크가 물었다.

— 주변에 나타나는 것은 아무것도 없습니다.

— 생체반응이 하나도 없다는 건가?

— 주변에 나있는 풀들 이외에는 생체반응 자체가 없습니다. 개미 새끼 한 마리도 보이지 않습니다.

— 분명히 변화가 있었는데…….

대기를 울린 충격파는 예사로운 것이 아니었다. 지금까지 별다른 변화가 없는 것으로 봐서는 세계가 붕괴되거나 하지는 않을 것 같지만, 생체반응이 하나도 없다는 것이 이상했다.

— 팀장님, 변화가 생긴 것만은 분명합니다.

— 뭔가?

— 생체반응이 포착되지는 않지만 에테르 수치가 전보다 훨씬 늘어나고 있습니다.

— 에테르 농도가 늘어나고 있다는 말인가?

— 예.

다른 세계에 분포하는 미지의 에너지를 에테르라 이름 붙였다.

에테르는 무엇이라고 특정할 수 없을 뿐만 아니라 분석이 불가능한 것으로, 능력자들의 힘을 발휘하는 원천이 되는 에너지다.

동양에서는 기라고 부르기도 하고, 서양에서는 마나나 포스로 부르기도 하지만, 통상적으로 에테르로 불렀다.

— 에테르는 세계마다 고정되어 있는 것이 아니던가?

다른 세계에 대한 측정이 가능해진 이후 에테르에 대한 측정도 이루어져 왔다.

그동안 측정된 바로는 세계마다 에테르 농도의 차이는 있지만 같은 세계에서 농도가 변화되는 일은 한 번도 없었기에 탱크의 얼굴에 이채가 서렸다.

— 확실한 것도 아닙니다. 상시 측정하는 것이 아니라 탐색조가 들어왔을 때 측정한 수치로만 나온 데이터니 말입니다.

— 변화할 수도 있다는 말이로군.

— 그렇습니다.

— 그러면 앞으로 어떻게 하는 것이 좋을 것 같은가?

— 일단 처음 계획대로 하는 것이 좋을 것 같습니다. 후방이 어떻게 변했는지 모르지만 우리 입장으로서는 앞으로 나가는 방법 밖에는 없으니까요.

— 그럼 속도를 높여야겠군.

세계에 변화가 일어난 것만은 틀림없기에 시간이 가장 중요하다. 최대한 시간을 절약하는 것만이 살아나갈 수 있는 방법이 될 것 같았다.

— 최대한 빨라야 합니다. 그렇지만 우리가 속도를 높여야 하는 것은 벗어나기 위한 것이 아닙니다.

— 무슨 소리냐?

— 탱크, 몸속에 있는 에테르 양을 빨리 점검해 보세요.

― 에테르를?

― 예, 제레미 너도 점검해 봐라.

유리안의 말에 두 사람은 빠르게 자신들이 가지고 있는 에테르 양을 측정했다.

― 어!! 많이 줄지 않았는데?

― 나도 그렇군. 어떻게 된 일이냐?

전투 모드로 들어간 상황이다. 지속적으로 에테르가 소모되는 상황에서 에테르가 얼마 줄어들지 않았기에 탱크가 물었다.

― 휴면 서킷을 사용하지 않았는데도 에테르가 자연적으로 보충이 되고 있습니다.

― 어느 정도냐?

― 얼마나 늘어날지는 모르지만, 이 정도라면 한 시간 정도 휴면 서킷을 사용하게 되면 소모되는 양의 반 정도는 보충이 될 겁니다.

― 굉장하군.

동양에서는 심법이라 불리고, 마법을 사용하는 이들은 서클이라 불리는 방법으로 소모된 에테르를 보충한다.

골든 게이트는 심법과 서클의 장점을 합쳐 에테르의 흡수를 높이는 시스템인 휴면 서킷을 자체적으로 개발했다.

상당히 많은 장점과 함께 많은 효과를 가졌지만, 한 시간에 소모된 양의 10분의 1을 충당할 수 있을 뿐이었다.

그런데 그 다섯 배의 효율이란다.

에테르 농도가 현실 세계와는 비교할 수 없을 정도로 높다는 뜻이었다.

― 에테르 농도가 증가하는 것 때문이냐?

― 그것도 그렇지만 그것만으로는 도저히 설명이 되지 않습니다. 아마도 다른 이유가 있을 것 같습니다.

― 다른 이유라니, 자세하게 말해 봐라.

― 탱크, 단순히 농도의 증가만으로 단숨에 다섯 배의 효율을 보이지는 않을 겁니다. 농도가 짙다고 해서 그것만으로 이런 효율을 보일 수는 없으니 말입니다. 분명히 다른 이유가 있을 테니 우리는 그것을 찾아내야 합니다.

― 그래서 안전한 곳을 찾아야 한다는 것이었구나.

― 그렇습니다. 우리가 알지 못하는 다른 이유를 찾아내게 되면 우리는 완벽에 가까운 서킷을 얻을지도 모릅니다.

변혁이 일어난 후 곳곳에 스팟이 생겼다.

스팟에서 게이트가 발견되고 다른 세계와 연결이 된 후부터는 현실 세계도 변화가 생겼다. 분포하는 에테르가 점점 증가하고 있었던 것이다.

워낙 미세한 양이라 잘 느끼지는 못하지만, 현실 세계에서 증가하는 에테르를 얻을 수만 있다면 자신들의 발목을 잡고 있는 족쇄를 풀어낼 수 있기에 제레미 또한 눈을 빛냈다.

― 탱크, 가능성이 높은 이야기군요.

― 유리안의 추측은 거의 정확할 것이다. 정말 다른 원인이

있다면 반드시 찾아내야 한다.

— 염려하지 마십시오. 우리의 자유를 위해서라도 반드시 찾아내도록 하겠습니다.

— 부탁한다. 유리안.

유리안의 결의에 제레미가 부탁했다.

— 염려하지 마라.

제레미의 부탁에 유리안은 굳은 어조로 대답했다.

지금 자신들의 몸에서 나타나는 현상이 무엇을 의미하는지 너무도 잘 알기 때문이었다.

능력자라고는 하지만 다들 골든 게이트에 매인 몸들이다. 모두가 에테르 때문이다.

보통 사람이라면 상상할 수 없는 능력을 보유하게 만들어주는 것이 에테르이기는 하지만, 치명적인 제약이 있다.

몸속에 차 있는 에테르의 수치가 20%이하로 떨어지면 극심한 고통을 겪게 되는 것이 그것이다.

에테르 수치가 떨어지면 가히 상상할 수도 없는 고통을 겪게 된다.

뼈가 부서지는 고통을 맨 정신으로 견뎌야 한다. 기절조차 할 수 없는 상태에서 자신이 부서져 나가는 고통을 견딘다는 것은 끔찍한 일이다.

그런 고통을 겪지 않으려면 수시로 에테르를 보충해야 한다. 골든 게이트에서 알려준 휴면 서킷으로 말이다.

그러나 에테르를 보충할 수 있는 곳은 현실 세계에는 거의 없다고 해도 과언이 아니다.

게이트 너머 다른 세계로 진입을 해야만 보충이 가능하기 때문이다.

덕분에 이면 조직들은 게이트를 선점하고 다른 세계로 출입하는 것을 통제하는 것만으로 자신들이 거느린 능력자들을 종처럼 부릴 수가 있는 것이다.

보이지 않는 족쇄가 능력자들을 묶고 있는 것이나 다름없는 상황이다.

이제 꿈에서도 바라던 족쇄에서 벗어날 수 있는 단서를 찾았으니 모두가 흥분할 만도 했다.

─ 그럼 제가 앞장을 서겠습니다. 탱크!

─ 부탁한다, 제레미. 걸리적거리는 것은 전부 쓸어버려라. 우리의 안전을 확보할 수 있는 비트를 우선적으로 찾아야 한다는 것을 잊지 마라.

전투에 특화된 제레미의 전언에 탱크가 부탁했다.

전투 모드로 완전히 전환한 후 빠르게 에테르를 소모하고 있는 중이라 전투력이 가장 강력한 제레미가 앞장서는 것이 가장 효율적이었기 때문이다.

─ 염려하지 마세요.

─ 가자!

파파팟!

정찰이 아니라 안전한 곳을 찾기 위한 이동이 우선이었기에 엄청나게 빠른 속도였다.

탱크 일행이 안전한 은신처를 찾아 이동 중인 상황에서 굴지의 이면 조직에서는 때아닌 소동이 벌어졌다.

세계를 지배하고 있는 것이나 다름없는 이면 조직들이 개척한 게이트가 갑자기 닫히는 상황이 곳곳에서 발생했기 때문이다.

신규로 개척한 곳에서는 간혹 있는 일이기는 하지만 이미 안정화가 검증된 게이트가 닫히는 일은 처음 있는 일이었다.

자원을 채굴하거나 능력자를 키우는 수련장으로 활용되던 게이트가 닫히는 상황은 이면 조직들로서도 큰 타격이었다.

갑작스러운 상황이 자신들만의 일이 아니라는 것은 금방 알려졌다.

심상치 않은 움직임들이 나타나는 상황에서 혹시라도 전력의 누수를 가지고 올까봐 촉각을 곤두세우고 있던 터라 당연한 일이었다.

상황의 심각성을 인지한 이면 조직의 수장들은 오래전에 만들어졌지만 유명무실해졌던 하나의 모임을 활성화 시켰다.

이능력자들의 알력을 조율하기 위해 만들어진 포럼을 가동시킨 것이다.

재미있게도 고스트라 이름 붙은 이 포럼은 국제회의가 많이 개최되는 오스트리아의 빈에서 개최되었다.

다들 텔레포트가 가능한 능력자를 보유하고 있던 터라 상황이 발생한 지 하루 만이었다.

포럼이 개최된 곳은 역사적으로도 유서가 깊은 오페라하우스였다. 무대 위에는 이면 조직들이 자리하고, 1,600여석에 달하는 객석에는 나름 이름이 있는 능력자들이 자리했다.

탕! 탕!

연단을 두드리는 소리에 소란스럽던 장내가 정리되었다. 포럼의 주관을 맡은 골든 게이트의 의장은 장내를 둘러본 후 입을 열었다.

"모두 알다시피 얼마 전부터 이상 상황이 발생하고 있소. 새로운 스팟과 게이트들이 갑자기 나타나기 시작했고, 각 조직에서 전략 기지로 삼은 곳들의 게이트가 폐쇄가 되는 상황이오. 더욱 놀라운 것은 에테르의 농도가 짙어지고 있다는 것이오."

"케인, 대부분 알고 있는 사실을 다시 말해 보았자 입만 아프니 하고 싶은 말이 무엇인지 간단히 말해주지 그러나?"

골든 게이트의 의장인 케인의 말을 끊으며 러시아를 대표해 나온 이가 말했다. 블리자드라 불리는 곳의 총통인 이반이었다.

이반을 잠시 본 케인이 다시 입을 열었다.

"알겠소."

'당장 반박을 해도 시원치 않을 텐데 뭐지?'

평소 사이가 그다지 좋지 않았던 케인이 별다른 반박을 하지 않자 이반은 의아한 생각이 들었다.

"요점만 말하도록 하겠소. 지금까지의 상황을 분석하고 우리 연구진이 내린 결론은, 처음 다른 세계가 열렸던 때의 일이 지금 다시 벌어지고 있을지도 모른다는 것이오."

"그것이 무슨 말이오?"

질문을 한 것은 중국의 허창화 맹주였다. 무림맹이라 일컬어지는 단체를 이끌고 있는 사람이었다.

"우리 연구진의 분석팀에 따르면 게이트 안의 세계가 업그레이드되고 있다고 하오."

"게이트 안의 다른 세계가 성장을 한다는 것인가?"

이반이 안색을 굳히며 물었다.

"그렇소. 각 조직들이 선점한 곳들은 모두 안정화된 곳이었소. 그럼에도 문이 닫힌 것은 새로운 형태로 변화하기 위해서라는 것이 우리 분석팀의 결론이오."

"증거가 있나?"

케인에게 반문하는 이반의 목소리가 날카로웠다.

"물론 있소. 얼마 전에 우리는 옐로스톤에 나타난 게이트에 요원들을 파견했소. 그들이 게이트 너머로 진입한 직후 문이 닫혔고, 그곳에서 엄청난 양의 에테르가 방출이 됐소. 조사를 해 보면 알겠지만 각 조직들이 관리하고 있는 곳도 마찬가지일 것이오."

케인의 말에 무대 위에 있는 이들이 고개를 끄덕였다.

객석에 있는 이들도 마찬가지였다. 게이트가 닫힌 후 스팟 일대의 에테르 양에 변화가 있었다는 사실은 이미 보고를 받은 내용이기 때문이다.

"모두 보고를 받아 알고 있는 사실인데, 그것이 문제가 되는 것이오?"

장내에 있는 모든 사람을 대신해 허창화가 물었다.

"물론이오. 우리가 검출한 것은 에테르만이 아니었소. 아주 미세한 양이지만 새로운 에너지가 검출이 됐소."

"새로운 에너지가 검출됐다니, 무슨 말이오?"

"언뜻 보기에는 에테르와 동일해 보이지만 절대 같은 것이 아니었소. 패턴의 일부가 달랐고, 무엇보다 에테르의 농도를 짙게 만드는 작용을 하는 것으로 봐서는 일종의 촉매로 보이는 에너지였소."

"촉매?"

"그렇소. 세계를 유지하는 에너지인 에테르를 변화시키는 시발점이 되는 것이라 우리는 그것을 촉매라고 정의를 내렸소."

"그럴 수도 있겠군."

"우리 골든 게이트의 연구진은 그것에 주목했소."

그 말과 함께 잠시 침묵하는 케인을 다들 호기심 어린 표정으로 쳐다보았다.

"골든 게이트의 능력이라면 검출된 것을 가지고 뭔가 실험을 했을 테고, 결과가 나온 것 같은데. 내 말이 맞는 건가?"

이반이 사람들을 대표해 물었다.

"그렇소, 이반. 우리는 검출된 이 새로운 에너지를 채집했고, 그것을 이용해 열려져 있는 소규모 게이트 안에서 한 가지 실험을 했소."

"실험이라, 결과는 어떻게 됐지?"

"놀랍게도 게이트 너머에 있는 세계가 바뀌었소."

"세계가 바뀌었다니, 그것이 무슨 말이지?"

"원래 그곳은 10평방 마일 정도 되는 소규모의 공간이었소. 출몰하는 몬스터들도 오크가 가장 강한 개체였는데, 그것이 완전히 바뀌어 버린 것이오."

"어, 어떻게 바뀐 것이지?"

"겨우 작은 도시 정도의 크기인 세계였지만 공간적인 면으로는 열 배가 확장되었고, 마치 현실 세계처럼 변해 버렸소."

"으음, 업그레이드된다는 것이 그 뜻이었군. 그런데 그것이 문제가 되는 것인가? 지금까지 나타났던 몬스터들은 전부 격퇴되고 있는 중이잖아? 희생이 따르기도 하지만 몬스터들을 처리하는 것에 비하면 미미한 수준이라고 할 수 있을 것이고 말이야. 업그레이드된다고 해도 쉽게 처리할 것 같은데, 골든 게이트에서는 그렇게 생각하지 않는 모양이군."

"이반, 그렇게 쉽게 생각할 상황이 아니오."

케인이 정색을 하고 대답을 했다.

"쉽게 생각할 상황이 아니라니, 무슨 뜻이지?"

"몬스터를 상대하는 것이라면 공간이 열 배가 확장되었다고 하더라도 우리가 가진 전력만으로 충분하오."

"몬스터 말고 다른 것이라도 나타난 것인가 보군."

"그렇소. 우리는 그곳에서 지금까지 보지 못한 새로운 존재들을 발견할 수 있었소."

"새로운 존재들이라… 특급 마물이라도 나온 것 같은데, 도대체 뭘 봤기에 그리 호들갑이지?"

케인의 목소리에는 두려움이 담겨 있었지만, 애써 무시하며 이반이 물었다.

"마물이 아니오. 우리가 발견한 존재는 인간이오. 정확히 말하자면 우리는 새롭게 변화된 세계에서 유사 인류를 발견했소."

"하하하하, 유사 인류라니. 혹시나 몬스터를 유사 인류로 착각하는 것은 아닌가?"

"분명히 유사 인류요."

케인의 대답은 확고했다.

"유사 인류라니?"

"그러게 말이야. 혹시 휴먼형 몬스터를 유사 인류로 착한 것이 아닌지 모르겠군."

케인이 단정하듯 말하는 소리에 여기저기서 웅성거림이 들려왔다.

"분명히 유사 인류요. 그들은 변화된 세계에서 도시를 이루어 살고 있었소. 무엇보다 나름대로의 언어와 무시하지 못할 문명을 이루며 살고 있었소."

"규칙과 시스템을 활용해 자신들의 사회를 유지시키고 있었다는 뜻이오?"

"우리가 파악한 바로는 그렇소."

허창화의 질문에 케인이 대답을 했고, 장내가 침묵에 휩싸였다.

지금까지 게이트 너머 세계에서는 몬스터라고 불리는 존재들만 출현했었다.

그런데 게이트 너머의 세계가 진화를 하고, 그 안에 만만치 않은 문명을 지닌 유사 인류가 존재한다고 하니 다들 안색이 좋지 않았다.

"으음, 휴먼형 몬스터가 아니라 유사 인류라니? 이거 믿지 못할 일이로군."

자신들을 속이는 것이 아니냐는 뉘앙스를 가진 이반의 말이었다.

"골든 게이트라는 이름을 걸고 맹세하건대 지금까지 내가 말한 것은 한 치의 거짓도 없는 진실이오. 처음 그들을 발견하고 우리도 믿을 수가 없었소. 골든 게이트 내부적으로는 이 사실을 알린다고 해도 여러분이 믿지 못할 것이라는 것이 중론이지만, 알릴 수밖에 없었소. 그들이 이루고 있는 사회가 결코 간과할 수 없는 수준이었기 때문이오."

"그곳이 어떤 사회인지 설명을 해줄 수 있겠소?"

무림맹주인 허창화가 자세한 설명을 요구했다.

"우리의 중세 시대를 닮은 상황이 배경인 사회였소. 인구는 대략 2만 명 정도로 그리 규모가 크지는 않지만, 그렇다고 문명이 떨어지는 것은 아니었소. 있을 것은 다 있었으니 말이오."

"그렇게 말하는 것을 보니 특별한 점이 있었던 것 같은데, 그것이 무엇이오?"

"우리가 이능력이라 부르는 것들을 사용하는 자들이 그 도시에 존재하고 있었소."

"그들이 능력자들 집단이라는 것이오?"

"전부는 아니고 일부였소. 마법을 사용하는 마법사들과 특별한 육체적 능력을 가진 기사들이 존재하고 있었소."

"마법사들과 기사들이라. 그들의 규모는 어느 정도나 되는지 파악한 것이 있소?"

"마법사로 보이는 존재들은 열두 명이었고, 기사들의 수는 200여 명이 넘었소."

"2만 명의 인구 규모에 그 정도라면 상당한 전력인 것 같소. 그런데 수준은 어느 정도나 되는 것이오?"

"마법사들은 우리들 세계의 능력자 수준으로 볼 때 1급 정도고, 기사들도 마찬가지였소. 다만 마법사 중 두 명과 기사들 중 열 명은 특급에 가깝다는 것이 우리 분석팀의 판단이오."

"으음."

만만치 않은 규모였기에 허창화가 신음을 삼켰다.

"케인, 지금까지 한 말이 사실이라면 지금까지 우리가 봐왔던 것 같은 세계가 아니라 진짜 다른 세계와 연결이 된 것 같은데, 당신 생각은 어떻지?"

잠시 뭔가 생각을 하던 이반이 다시 말문을 열었다.

"우리의 판단도 그렇소. 그리고 그로 인해 커다란 문제가 발생할 것이라는 것이 골든 게이트의 의견이오."

"당신 개인이 아니라 골든 게이트에서 그렇게 판단을 했다는 뜻인가?"

스팟과 게이트, 그리고 다른 세계에 대한 골든 게이트의 연구 능력은 타의 추종을 불허했다.

골든 게이트의 연구 집단에서 그렇게 결론을 내렸다면 문제가 심각한 것이었다.

"그렇소. 골든 게이트에서 고스트의 개최를 요구한 것은 한 가지 제안을 할 것이 있어서요."

"제안이라, 그것이 무엇이지?"

"나는 골든 게이트의 전권을 부여받아 포럼의 실질적 집행력을 담당하는 십자동맹을 결성하기를 제안하는 바이오."

"십자동맹이라니……."

"그 정도 수준의 위험이 닥쳤다는 것인가?"

케인의 선언에 무대 위에 있는 이들은 물론이고, 객석에 있는 자들도 동요를 보였다.

십자동맹은 스팟에서 게이트가 발견된 후 다른 세계를 찾게 되면서 이면 조직 간에 이루어진 첫 번째 조약인 모스크바 조약에서 결의된 것이었다.

다른 세계로 인해 발생하는 인류의 생존 위협에 공동 대응하기로 한 결사체의 이름이 바로 십자동맹이었다.

"십자동맹이라면 인류의 생존을 위협하는 상당한 수준의 위험이 닥쳤다는 것인데, 도대체 무엇을 근거로 그런 제안을 한 것이지?"

"우리가 보유하고 있는 연구진 중 분석팀에 따르면 닫힌 세계에서 흘러나왔던 촉매성 에너지의 양은 아주 미미한 수준이라고 했소. 그중에서도 아주 일부만 채집되어 실험했는데도 불구하고 그 정도 규모의 세계가 열렸다는 것이 무엇을 뜻하겠소?"

케인은 대답 대신 질문을 던졌다. 케인의 질문에 다들 사색이 되었다. 그것이 무엇을 뜻하는지 이제야 알아차린 것이었다.

"지금까지 우리 전략 기지로 삼았던 곳들은 지금 닫혀 있는 중이오. 거의 대륙에 육박하는 세계의 문이 닫혀 있다는 뜻이기도 하오. 그런 세계에서 우리가 실험한 곳과 같은 현상이 벌어진다면 감당하기 힘든 사태가 발생할지도 모른다는 것이 분석팀의 판단이오."

사람들이 방금 전에 깨달은 사실을 케인이 부연하듯 설명해

주었다.

"채 2만 명이 되지 않는 도시의 전력이 그 정도라면, 아직 닫혀 있는 세계는 그 규모로 볼 때 어느 정도의 전력일지 상상이 되지를 않는군. 양방향 소통이 가능한 이상 그들이 우리 세계로 넘어오지 못한다는 보장이 없는 상황이고 말이오. 그러지 않기를 바라지만, 만약 그들이 우리 세계로 넘어오는 것이 가능하다면 그야말로 재앙일 것이오. 강력한 존재들의 위협에 직접적으로 직면하게 되는 것이니 말이오. 닫혀 있는 세계의 전력을 최소한으로 가정한다고 하더라도 우리가 보유하고 있는 힘으로는 절대 감당할 수 없는 전력이 넘어오게 될 것이니 말이오."

장내가 침묵에 휩싸였다.

무슨 말인지 충분히 알아들을 수 있었기에 다들 안색이 심각했다.

침묵을 깬 것은 이반이었다.

"무슨 뜻인지 알겠소. 그것이 사실이라면 나 또한 십자동맹을 창설하는데 찬성하오."

대립 관계에 있는 블리자드의 이반이 찬성을 표시하자 무대 위에 자리하고 있는 자들 대부분이 고개를 끄덕였다.

"그러나 그 증거들이라는 것을 확인한 뒤에 동맹이 결성이 되어야 할 것이오. 그리고 증거가 확인이 된다고 해도 그들이 우리 세계로 넘어 올 수 있어야 하는 것이니 임시 동맹 쪽으로 결사를 꾸미는 것이 좋을 것 같소."

허창화가 또 다른 의견을 제시했다. 십자동맹의 경우 막대한 권한이 부여되기 때문이었다.

"좋은 생각이오. 분석팀의 의견에 따르면 닫힌 세계의 에테르가 완전히 변환되기까지는 상당히 시간이 많이 걸릴 것이라고 하오. 그동안은 임시 동맹으로 체제를 유지하다가 세계가 열린 후 진짜 위협이 되는지 확인한 뒤에 본격적인 십자동맹을 맺는 것이 좋을 것 같소."

케인 또한 예상한 듯 찬성을 표시했다.

"그렇다면 먼저 증거들을 확인해야 할 텐데, 어떻게 할 계획이오?"

"여기 계신 모든 분들에게 확인을 시켜드리는 것은 사실상 어려운 일이오. 그래서 각 대륙을 대표하는 십대 조직과 자유 능력자들을 대표한 이들에게만 우리가 한 실험을 공개해 확인할 기회를 드리겠소."

"그 정도만 해도 충분할 것 같군. 각 조직의 특급 능력자와 자유 능력자들의 대표라면 이상 여부를 확실히 파악할 수 있을 테니 말이야."

"그럼 그렇게 결정되는 것으로 알고 정식 표결에 들어가겠소."

이반이 긍정적으로 말하자 케인은 표결할 것을 제의했다.

"난 찬성이오."

"나도 찬성하겠소."

"나 또한 찬성이오."

허창화를 필두로 무대 위에 자리한 이들이 줄줄이 찬성을 표시했다.

이면 조직들 중 한 대륙의 패권을 차지할 만큼의 전력을 갖춘 이들이 10대 조직이다. 그들의 수장들이 찬성한 만큼 임시 조직이기는 하지만 십자동맹 결성하는 안건은 통과가 되었다.

제4장

4

케인은 자신의 의도대로 십자동맹이 맺어지자 장내를 한 번 훑어보았다. 10대 조직이 중심이기는 하지만 모인 이들을 무시해서는 안 되기 때문이었다.

다들 십자동맹을 찬성하는지 반대 의견을 내는 이는 하나도 없었다.

"고맙습니다. 조약대로 안건을 제시한 골든 게이트에서 임시동맹의 수장을 맡도록 하고, 감사역에는 어디가 좋을지 말씀해 주시기 바랍니다."

"난 블리자드에서 맡는 것이 좋다고 생각하오."

케인의 말에 허창화가 곧바로 의견을 제시했다.

십자동맹을 위한 임시 조직의 경우 안건 제안자가 조직의 수장을 맡도록 되어 있어 대립 관계에 있는 블리자드가 감사역을 맡는 것이 여러모로 좋았기 때문이다.

"나 또한 찬성이오."

"블리자드라면 믿을 수 있겠지. 나도 찬성이오."

"나도요."

나이트 크로스의 수장인 앤트가 바로 찬성을 표시했다.

경쟁을 하고 있다고는 하지만 자신의 조직이 모두 미국에 있는 터라 블리자드라면 다른 조직의 의혹을 피해 골든 게이트를 견제할 수 있다고 판단했던 것이다.

세 명의 수장이 찬성을 한 탓인지 당사자인 이반을 제외하고는 나머지도 모두 찬성을 표시했다.

"그럼, 감사는 블리자드에서 맡는 것을 결정을 하겠소. 앞으로 잘 도와주시기 바랍니다, 이반."

조직의 대표들과 자유 능력자 대표들의 찬성으로 감사역이 정해지자 케인은 이반에게 도움을 청했다.

"열심히 하도록 하지."

이반 또한 사태의 심각성을 알기에 고개를 끄덕이며 말했다. 이반의 대답을 들은 케인은 객석을 향해 무대 끝으로 나갔다.

"그럼, 이것으로써 이번 고스트는 끝낼까 합니다. 각 대표들의 참여 방식은 곧바로 공지를 하도록 하고, 결과는 검증이 끝나는 즉시 블리자드를 통해 공표하도록 하겠습니다. 안녕히 돌아가시기 바랍니다."

파파파파팟!

케인의 말이 끝나는 것과 동시에 객석 위에 앉아 있던 이들의 모습이 사라지기 시작했다.

텔레포트를 통해 자신의 본거지로 돌아간 것이었다.

객석은 금방 텅 비워졌지만 무대위에는 아직도 사람들이 남아 있었다. 검증에 대한 방법을 의논하기 위해서였다.

"그런데 이번 사태의 원인은 파악이 된 것이오?"

무대 위에 마련된 자리에 케인이 착석하자 이반이 물었다.

졸지에 전략 기지를 잃음으로써 막대한 타격을 입은 조직들로서는 무엇보다 궁금한 사항이었기 때문이었다.

"아직 원인은 밝혀내지 못했소."

"그렇군. 여러분 중 이번 사태에 대한 단서를 가지고 있는 분이 있는지 묻고 싶소."

이반은 좌중을 돌아보며 다시 한 번 물었다.

"왜 그러시는 것이오? 다른 곳도 단서를 찾지 못한 것은 마찬가지일 것이라고 보는데 말이오."

허창화가 이반을 보며 물었다.

"그날, 세계에 틈이 생긴 이후로 완만하게 상황이 흘러가고 있었소. 변화가 몇 번 있기는 했지만 모두 우리의 예상 안에 있던 것이고 말이오. 이렇게 급작스러운 변화라면 뭔가 원인이 있었을 것이라는 것이 내 생각이오. 그래서……."

"블리자드에서는 뭔가 단서라도 찾은 것입니까?"

이반이 말끝을 흐리자 나이트 크로스의 수장인 앤트가 뭔가 눈치를 챈 듯 물었다.

"지난 시간 동안 이런 변화를 촉발할 수 있는 사건은 몇 가지 없었지."

"우리 포럼에 가입하지 않은 자들이 일으킨 사건들이 이번 사태를 촉발했을 수도 있다는 말입니까?"

"중동의 하프 문과 미국의 블랙 엑스, 그리고 그 미친놈들이 일으킨 사건 이외에는 이번 일을 촉발할 만한 일은 없었다는 것이 내 생각이야."

"그렇겠군요. 최근 20년 사이에 세계에 영향을 미칠 만한 사건을 촉발한 것이 모두 그들이었으니 말입니다."

"어떻게 생각합니까? 조사를 해야 되지 않을까요?"

조금 전과는 달리 이반은 케인에게 반 존대로 물었다.

"블리자드에서 맡아 주시겠습니까?"

"그렇게 하도록 하지요."

"다른 분들의 생각은 어떠십니까?"

케인은 이반의 승낙이 떨어지자 다른 이들에게 물었다.

셋 다 헤게모니를 잡으려는 시도가 다분한 사건들이었다.

그것도 일반 세계가 아니라 이면 세계를 향한 조직적인 움직임이었기에 기득권을 가지고 있는 이들로서는 신경이 쓰이지 않을 수 없는 사건들이다.

"연구진은 골든 게이트가 최고지만, 블리자드라면 정확하게 조사할 수 있을 테니 가장 적합할 것이라고 생각하오."

블리자드의 역사를 잘 아는 허창화가 찬성을 표시 했다.

"그러는 것이 좋을 것 같소."

"나 또한 적임이라고 생각하오."

사람들은 기대에 찬 눈으로 이반을 바라보며 찬성했다.

전부 찬성을 했기에 이번 사태의 원인에 대한 조사는 블리자드에 맡겨졌다.

케인도 기대하는 눈빛으로 이반을 쳐다보았다. 비록 대립하는 처지이기는 하지만 블리자드의 능력을 십분 알기 때문이다.

'블리자드에서는 오랫동안 세 가지 의혹 사건에 대해 추적을 해왔지. 세계가 변한 직후 가장 먼저 움직인 자들이니, 블리자드라면 뭔가 알아낼 수 있을 것이다.'

지난 20년간 이면 세계에서는 근간을 흔들 만한 세 가지의 의혹적인 사건들이 터졌다.

첫 번째는 이슬람 세력의 성전사들이 집단으로 자살한 것이고, 두 번째는 아프리카에서 벌어진 블러드 다이아몬드와 얽힌 대규모 유혈 사태, 마지막으로는 북조선이 대한민국을 점령한 사건이었다.

이 사건들로 인해 만만치 않은 여파가 세상에 드리워졌다.

특히나 이 세 사건에 이면 조직이 직간접적으로 개입되어 있는 정황이 포착되었다.

덕분에 이면 세계는 아주 많은 영향을 받았다.

기존의 이면 조직들을 능가하는 기동력과 실행력은 물론이고 과감하기까지 한 조직의 출현을 알리는 것이었기 때문이다.

블리자드에서는 그에 대해 나름 조사를 해오고 있었다는 것을 케인은 물론이고 다른 조직의 수장들도 알고 있다.

이면 조직 간의 역학 관계 때문에 대놓고 조사를 하지는 못했기에 어째서 이런 사건이 일어났는지 의문이 아닐 수 없었다.

세계를 변화시킨 사건이 일어난 중심지라 가장 먼저 이능력자 집단을 조직화한 것이 블리자드다.

강력한 능력자의 비율이 제일 많은 탓에 사람들은 이반이 수장으로 있는 블리자드를 택한 것이었다.

"결정된 것 같습니다. 이반."

"맡겨주신다니 최선을 다해 조사를 해보겠습니다. 여러분들의 협조가 필요한 만큼, 여러모로 도와주실 것을 부탁드리겠습니다."

짝! 짝! 짝!

이반의 인사에 사람들은 박수로 화답했다.

이번 사태의 원인이 그 사건들로 인해 발생한 것이 아닐 수도 있지만, 임시 동맹을 결성한 김에 조사해 보는 것도 나쁘지 않다고 여기는 것이 분명했다.

'너희들은 모른다. 그들이 어떻게 시작이 됐는지…….'

러시아연방으로서는 세 가지 다 무척이나 신경이 쓰이는 사건이었다.

문제가 되는 세 조직의 시작이 블리자드와 연관이 깊기 때문이었다.

'이번에는 기필코 파헤치고 만다. 이번에는…….'

세계가 충격파에 휩싸인 그날!

엄청난 폭발과 함께 세상이 변하기 시작했다.

그날 벌어졌던 사건이 무엇인지 전모를 파헤쳐야만 하는 사명을 가진 이반이다.

이반은 마음속으로 결의를 다지고 있었다.

지이이잉!

엘리베이터를 타고 지하를 내려가는 이들의 눈에는 거대 조직에서 선발된 자들 답지 않게 긴장한 빛이 역력했다.

'앞으로 어떻게 될지 예측하기 힘드니 그럴 테지.'

임시로 조직된 십자동맹을 이끌고 있는 케인은 엘리베이터를 타고 있는 자들의 마음을 십분 이해하고 있었다.

게이트 너머에 있는 세계가 안정되지 않았을 경우 재수가 없다면 찍소리도 못하고 소멸당할 수 있는 까닭이다.

더군다나 지금 들어가고 있는 장소는 골든 게이트의 심장부라고 할 수 있는 곳이다.

지정된 장소 이외에는 갈 수 없다고는 해도, 골든 게이트에서 마음만 먹으면 자신들을 처리할 수 있다는 것을 알기에 다들 긴장감을 놓지 않고 있었다.

'후후후. 겁은 많아가지고. 하긴 이들도 애써 태연한 척 하지만 우리가 마음만 모질게 먹으면 쥐도 새도 모르게 사라질 수 있다는 것을 알 테니 수뇌부가 오기는 조금 껄끄러웠겠지. 하지만 조직의 운명을 좌우할 수 있는 일에 특급 능력자들만 보내다니, 조금 너무하는군. 그나마 이반은 괜찮은 편이군.'

모두가 긴장한 것은 아니었다. 무심한 얼굴로 게이트에 도착하기를 기다리는 이반이 있었다.

다른 사람과는 다르게 이반은 블리드자의 총수임에도 불구하고 혼자서 골든 게이트에 왔다.

가지고 있는 능력에 대한 자신감 때문이기는 하겠지만 담대하기 그지없는 모습에 케인은 인정을 하지 않을 수 없었다.

딩—동!

벨 소리와 함께 엘리베이터의 문이 열렸다.

내리자마자 거대한 공동이 나타났고, 게이트를 막고 있는 거대한 덧문을 바라보는 능력자들의 표정이 굳어졌다.

자신들의 눈앞에 보이는 게이트는 골든 게이트가 미국에 자리 잡을 수 있도록 해준 근원이기 때문이었다.

"골든 게이트가 탄생한 곳에 오신 것을 환영하오. 잠시 후 게이트에 진입할 예정이니 다들 준비를 해주시오."

케인은 손님을 맞이하는 주인으로서 골든 게이트에 방문한 능력자들을 환영해 주었다.

"마스터께서도 같이 들어가시는 겁니까?"

중국의 무림맹에서 사제 두 명과 함께 골든 게이트로 파견을 나온 곽부형이 조심스럽게 물었다.

"하하하, 그렇소. 나도 같이 게이트 안으로 들어갈 것이니 너무 긴장할 필요는 없소."

혹시나 하는 긴장감에 몸이 굳어 있던 능력자들은 케인의 말에 어느 정도 안도할 수 있었다.

케인이 같이 들어간다면 게이트 너머의 세계가 안정화 됐다는 뜻이기 때문이다.

— 게이트 진입을 위한 준비에 들어갑니다. 현장을 확인하러 오신 분들께서는 진입할 준비를 해주시기 바랍니다.

스피커를 타고 연구소장인 하이든의 목소리가 들려왔다. 능력자들은 만약의 사태를 대비해 가지고 온 장비들을 챙기기 시작했다.

지이이이잉!

잠시 뒤, 육중한 소리와 함께 덧문이 열렸다.

"골든 게이트에서 먼저 들어갈 것이니 여러분들은 제 뒤를 따라 들어오시기 바랍니다."

케인이 한마디 하고 앞장섰다.

곧바로 이반이 게이트 안으로 사라졌고, 옆에 도열해 있던 테라 나인의 탐색 팀원들이 케인을 따라 연이어 게이트를 넘어갔다.

케인이 고스트에서 말한 것들을 확인하기 위해 파견을 나온 능력자들이 하나둘 뒤따라 게이트를 넘었다.

"초원 지대인 모양이군."

게이트를 넘어 다른 세계로 진입한 이반은 녹색의 초지가 드넓게 펼쳐진 초원을 보며 한마디 했다.

"원래는 이런 곳이 아니었소."

"지형이 변했다는 것이오?"

"그렇소. 골든 게이트에서 처음 개척한 이곳은 원래 사막지대였소. 그러나 실험이 끝난 후에 다시 들어와 보니 환경이 완전히 변해 버렸소. 지형 자체가 완전히 변한 것은 물론이고, 기후마저 변해 초원 지대로 바뀌었소."

"도시는 어디에 있는 것이오?"

"이곳에서 약 100킬로미터 떨어진 곳에 있소."

"이 세계의 중심부에 있는 모양이군요."

"그렇소. 정확하게 정중앙에 있소."

"그렇다면 공간의 길이가 대략 200킬로미터라는 건데 상당히 크군요."

"작은 나라 하나 크기의 면적이라고 생각하면 될 것이오."

어느새 들어와 이반과 케인의 대화를 듣고 있던 능력자들은 놀라지 않을 수 없었다. 규모로 봤을 때 거의 최고 등급에 달하는 세계였기 때문이었다.

"그런데 도시가 하나뿐인 것이오?"

"수색이 아직 끝난 것은 아니지만 지금까지 파악한 바로는 그렇소."

"그 정도 면적이라면 도시가 수십 개 있고도 남을 텐데, 고작 하나뿐이라니 이상하군요."

"나도 의아하다고 생각하고 있소. 그렇지만 기사단으로 보이는 자들은 간혹 나오는 모양이오."

"기사단이 나온다고 했는데, 무슨 뜻이오?"

"탐색조의 보고에 따르면 도시가 성곽으로 둘러쳐져 있다고 하오."

"어느 정도의 크기의 성이오?"

"성의 형태는 원형인데, 반지름이 대략 10킬로미터 정도 되는 것 같소."

"음, 상당히 크군요."

300평방킬로미터에 가까운 면적이었다.

인구밀도가 천 명이라고 쳐도 30만 명이 거주할 수 있는 대규모의 성이다. 어마어마한 규모가 아닐 수 없었다.

"그렇소. 상당히 큰 크기라고 할 수 있소. 대도시 규모의 면적을 가진 성이니 말이오."

"그런데 고스트에서 이곳의 인구가 대략 2만 명이라고 하지지 않았소?"

"실험과 동시에 진입했던 테라 나인의 보고로는 그랬소만, 그것도 정확한 것은 아닐 것이오."

"정확한 것이 아니라니 무슨 말이오?"

"놀랍게도 성이 계속 확장되고 있소. 공간의 면적도 조금씩이나마 늘어나고 있고 말이오."

골든 게이트에 온 이래 처음으로 이반의 표정이 굳어졌다. 자칫 심각한 상황이 발생할 수 있기 때문이었다.

"으음, 그렇다면 위험하지 않겠소?"

"우리는 성안으로 진입을 하지 않을 것이오. 그저 외곽만 관찰하고 올 테니 말이오."

"그게 무슨 뜻이오?"

"성벽에 결계가 쳐져 있소. 무리하면 들어갈 수는 있겠지만, 우리의 존재가 드러날 것이오. 그리고 기사단과 함께 마법사들이 밖으로 나와 순찰을 돌고 있어 섣불리 잠입할 수 없는 상황이요."

'성안의 상황은 아직까지 파악하지 못한 모양이군.'

돌아가는 정황으로 봐서는 골든 게이트도 성안으로 들어가 보지 못한 것이 분명했다.

"외곽만 확인하고 오자는 뜻이군요."

"그렇소. 그것만 확인해도 충분할 것이오."

"알았소. 이제 그만 출발하는 것이 좋겠군요."

"날이 어두워지기 전에 도착해야 하니 그러는 것이 좋겠소. 이동할 준비를 해라."

이반과의 대화로 이미 충분히 설명이 된 것 같기에 케인이 지시를 내렸다.

그러자 베타 팀원 세 명이 곧장 전면에 나가 앞장을 서고, 뒤를 이어 감마 팀의 네 명이 후방으로 가 사방을 경계하기 시작했다. 케인을 비롯한 사람들은 중간에서 이동할 준비를 마쳤다.

"최대한 속도를 낼 생각이니 뒤처지지 말고 잘 따라오시오."

"걱정하지 마십시오."

케인의 말에 무리 중 하나가 대답했다.

"출발하겠소."

파파파파파팟!

베타 팀원들의 인도로 그들을 따라 빠르게 이동을 시작했다.

'으음, 굉장하군.'

이동하는 동안 이반은 골든 게이트가 고스트를 소집하고 다른 조직들을 초대 형식으로 검증에 참여하게 유도한 이유를 알아낼 수 있었다.

'소모되는 에테르가 일부지만 차오르고 있다. 이정도로 진한 에테르 농도라면 이곳에 존재한다는 기사단이나 마법사들의 능력이 생각보다 뛰어날지도 모른다. 아무래도 고스트를 소집한 것도 지원을 받기 위해서였던 모양이군. 그들을 감당할 수 없을지도 모른다고 판단을 했을 테니 말이야.'

자신까지 합해 각 조직에서 파견을 나온 이들은 모두 50명이다. 파견을 온 이가 조직당 한 명이 아니라 작게는 두 명, 많게는 일곱 명에 달해 대규모 인원이 되었던 것이다.

특히 전부 특급 능력자로 케인이 말한 기사단이나 마법사들 정도라면 충분히 상대하고도 남은 전력이기에 이반은 어느 정도 케인의 의도를 짐작할 수 있었다.

만약의 위험까지 제거하고 움직이는 골든 게이트의 성향이 케인으로부터 비롯되었다는 것을 누구보다 잘 알고 있는 이반이었다.

능력자들답게 골든 게이트에서 발견한 성까지 도착하는 데는 그다지 많은 시간이 소요되지 않았다.

초원 지대를 지나 멀리 성이 보이기 시작했다. 시야를 가리는 것이 없는 초원 지대라서 그런지 대략 10킬로미터 떨어진 곳임에도 거대한 성채가 한눈에 보였다.

척!

앞서서 달리던 베타 팀장이 손을 들었다.

"지금부터는 기척을 죽여주기 바라오."

"5킬로미터나 떨어져 있는데 지금부터 기척을 죽여야 하는 것이오?"

"그렇소. 결계의 범위가 성곽 밖으로 3킬로미터 정도고, 그 이후 2킬로미터는 곳곳에 탐색을 위한 마법이 펼쳐져 있는 것으로 파악이 됐소."

"그럼 곧바로 알려지는 것이 아니오?"

"일종의 음파 감지기 같은 마법인 것으로 파악이 됐소. 일정 파장 이상의 소리를 감지할 경우 작동하는 것으로 보이니 최대한 기척을 죽이는 것이 좋소."

"알았소. 자! 다들 들었을 테니 기척을 죽여라. 걸리는 놈은 내 손에 죽을 것이다."

이반이 초대받은 자들을 향해 눈을 부라리며 말했다.

탐색을 위해 왔는데 누군가의 실수로 다시 돌아가고 싶지는 않았기 때문이다.

또다시 이동이 시작됐다. 속도를 많이 줄인 움직임이었지만 상당히 빨랐는데, 특급 능력자들답게 소리를 내는 이는 아무도 없었다.

척!

결계가 쳐져 있다는 부근에 당도하자 베타 팀장이 다시 손을 들었다.

잠시 동안이지만 기척은 물론이고, 대화도 나누지 않고 결계 근처에 다가온 일행은 베타 팀장의 수신호를 보고 망원경을 꺼내 들었다.

두 눈에 망원경을 댄 일행은 성문을 주시했다. 성 외곽을 순찰하는 자들을 확인하기 위해서였다.

어느 정도 기다리자 성문이 열리며 말을 탄 이들이 나왔다.

중갑주를 걸친 기사들과 푸른색의 로브를 입은 마법사였다.

케인 일행이 두 눈을 떼지 않고 있는 망원경은 특별한 것이다. 에테르 농도를 일부나마 측정할 수 있는 장치를 단 것으로, 3킬로미터 바깥이지만 기사들과 마법사의 에테르를 확인할 수 있었다.

'대단하군. 이미 일반적인 특급 능력자들을 상회하는 에테르 파장이다.'

기사들과 마법사 주변에 아우라처럼 번지는 에테르는 각 조직의 특급 능력자 중 최고 수준의 능력을 갖춘 자들과 비슷한 수준이었다.

[얼굴과 에테르 농도의 파장을 구분해 파악한 바로는 마법사는 열두 명, 그리고 기사들은 200여 명이 넘는 것으로 파악이 됐소.]

[이번에는 특별히 강한 자들만 나온 모양이군.]

메시지 마법을 통한 케인의 설명에 고스트가 소집됐을 때 들었던 내용을 기억하며 이반이 말했다.

[아니오. 확인한 결과, 저들의 능력이 향상된 것으로 파악이 됐소. 우리가 전에 파악했을 때 저들은 1급 수준의 능력자들이었소.]

[사실이오?]

[그렇소.]

[그러면 수준이 전부 저들 정도인 것이오?]

[그렇소. 그리고 마법사 두 명과 기사 열 명은 이미 특급을 넘

어선 것으로 파악이 됐소.]

[마스터급이라는 말이오?]

[불행하게도 그런 것 같소.]

[여기 결계도 원래는 1킬로미터까지였소. 그런데 얼마 전에 마법사 하나가 나와 결계를 확장시켰소. 외곽에서 관찰을 하고 있어 망정이지 그렇지 않다면 저들에게 우리의 존재를 들키고 말았을 것이오.]

[문제가 심각한 것 같소.]

이미 게이트가 열려 있는 상황이다.

게이트 바깥에 덧문을 설치했다고는 하나, 저들 중에 마스터급이 있다면 종잇장에 지나지 않다는 것을 잘 알기에 이반의 안색이 굳어졌다.

[맞소. 저들이 만약 게이트 바깥으로 나오기라도 한다면 골든 게이트로서는 전멸을 각오해야 할지도 모르니 말이오.]

[접촉은 시도해 봤소?]

[아직은 그럴 단계가 아닌 것 같소.]

[어째서요?]

골든 게이트의 성향으로 봐서는 이미 접촉하고도 남았을 텐데 그러지 않았다는 것은 이상한 일이었다.

[이곳으로 올 동안 앞에 선 이들을 봤을 것이오.]

[테라 나인의 베타 팀 말이오?]

[그렇소.]

[베타 팀이 어떻다는 것이오?]

　[저들은 처음 실험이 시작되는 것과 동시에 이 안으로 들어왔었소.]

　[처음 변화를 목격한 것이 저들이라는 것이오?]

　[그렇소. 실험에 투입된 후 얼마 지나지 않아 베타 팀원들이 게이트에서 튕겨져 나왔소. 그리고 한 달 가까이 정신을 잃고 있는데, 변화가 찾아왔소.]

　[변화라니, 무슨 말이오?]

　[그들이 가지고 있는 에테르에 변화가 일어났소. 원래 베타 팀원들은 특급 능력자 중 중간 수준의 능력을 보유하고 있었는데, 능력이 낮아져 버린 것이오.]

　[으음.]

　다른 이들이 전부 특급 능력자인데 반해 1급 수준의 탐색 팀이 선두에 섰던 것이 의아했는데, 이제야 이해를 할 수 있었다.

　[베타 팀원들이 정신을 차린 후 안에서 무슨 일이 벌어졌는지 확인을 하려 했지만, 저들은 아무것도 기억하지 못하고 있었소. 그동안 연구진들이 다방면으로 분석한 결과, 저들의 능력이 낮아진 원인이 미지의 에너지와 접촉을 했다는 결론을 내렸소.]

　[미지의 에너지라…….]

　[다시 한 번 망원경으로 기사들과 마법사의 에너지 패턴을 살펴보시오.]

　메시지 마법을 통한 두 사람의 대화는 지금 모두에게 공개가 되고 있었다.

케인의 말이 끝나자 다들 망원경을 들어 기사들과 마법사를 살폈다. 이반도 곧장 망원경으로 에테르 패턴을 살펴봤다.

[우리가 가지고 있는 것과는 약간 다르게 생겼군요.]

[그렇소. 우리와는 다른 에테르 패턴을 가지고 있소. 만약 저들과 접촉해 베타 팀과 같은 상황이 벌어진다면 감당할 수 없는 일이 벌어질 수도 있기에 아직까지 시도를 못하고 있는 것이오.]

[이 정도면 확인이 됐을 것이니 이만 돌아가도록 합시다. 어둠이 찾아오면 감당하기 힘든 몬스터들이 득실거릴 테니 말이오.]

[세계가 변했는데도 몬스터가 있다는 말이오?]

[그렇소. 어둠이 몰려오면 몬스터들이 나타나오. 지금까지 우리가 상대했던 놈들과는 차원이 다른, 훨씬 더 크고 강력한 몬스터들이 말이오.]

[위험을 자초할 필요는 없으니 그러는 것이 좋을 것 같군요. 다들 우리가 하는 말을 들었을 테니 일단 자리를 뜨도록 합시다. 의문 나는 점이 많을 테지만 그것은 게이트 밖으로 나간 후에 물어보면 될 것이오.]

이반의 말에 다들 고개를 끄덕였다. 자신들의 능력과 비슷하거나 상회하는 자들이 지키고 있는 상황이다.

자신들의 존재를 모르는 이상 그들이 막으려 하는 것은 몬스터들이 틀림없을 것이다.

그런 몬스터들을 시야가 어두운 밤에 상대하느니 철수하는 것이 나았다.

일행은 다시 베타 팀의 안내로 왔던 곳으로 되돌아가기 시작했다. 돌아가는 동안 게이트가 가까워질수록 점점 날이 어두워졌다.

게이트에 거의 도착했을 때는 황혼이 마지막 숨을 헐떡이고 있었다.

크르르르!!

멀리서 소름이 돋는 울부짖음이 들려왔다.

쿠쿠쿠쿠쿠쿵!

"다들 게이트 안으로 빨리 진입하시오. 아무래도 시간이 늦은 것 같소!"

땅이 울리는 소리에 케인이 다급히 말했다.

해가 졌지만 아직 황혼이라 사물의 윤곽은 식별이 가능했다.

자신들을 향해 달려오고 있는 몬스터들을 식별하는 것은 아무런 문제가 없었다.

"저게 몬스터라니!!"

"완전히 괴물이로군."

그동안 많이 봐왔던 오크도 있었고, 트롤은 물론이고 오우거까지 보였다.

문제는 무지막지한 덩치였다.

지금까지 자신들이 보아왔던 종류들과는 차원이 다른 몬스터들이었다.

체고가 성인만 했던 오크의 크기가 3미터를 훨씬 넘었고, 트롤과 오우거는 거의 두 배가 훨씬 넘는 7미터 정도의 체고를 가진 놈들뿐이었다.

거기다가 어마어마한 위압감마저 흘리고 있었다. 지금까지 자신들이 사냥해 왔던 몬스터와는 차원이 다른 존재였다.

"놀라고 있을 때가 아니오. 가만히 서 있지 말고 어서 들어가시오!"

케인은 사람들을 재촉했다. 그러나 그렇지 않은 이도 있었다. 서둘러 게이트를 빠져 나가려는 사람들과는 달리, 이반은 싸움을 준비하고 있었다.

"뭐하는 것이오?"

"후후후, 한 번 싸워보고 싶군."

"쓸데없는 생각하지 말고 어서 빠져 나가시오. 잘못 부딪치면 에테르에 변이가 찾아오니 어서 들어가시오."

케인은 단호하게 말했다.

"놈들과 싸우면 에테르가 변한다는 말이오?"

"그렇소. 아마도 우리가 가지고 있는 능력의 반 정도는 순식간에 날아갈 것이오."

"제기랄!!"

마물에 가까운 몬스터들과 한 번 싸워보고 싶었던 이반은 케인의 말에 따르지 않을 수 없었다.

에테르 변이가 찾아오면 자신의 능력을 사용하지 못할 수 있다는 말 때문이었다.

반이 날아간 자신의 능력이라면 지금 몰려오고 있는 몬스터들과 싸울 때 목숨을 걸어야 했다.

"어서 진입하시오."

"으드득, 알았소."

몬스터들이 거의 100여 미터 정도 가까이 왔을 때 마지막으로 이반과 케인이 게이트로 진입할 수 있었다.

"어서 문을 닫아!!"

케인은 돌아오자마자 다급하게 소리를 질렀다.

쿠—웅!!

덧문이 빠르게 닫히며 굉음을 흘렸다.

쾅! 콰쾅!!

무엇인가에 부딪쳐 내는 소리가 장내를 울렸다. 게이트를 넘어 몬스터들이 쫓아온 것이 분명했다.

쿵쿵거리는 덧문을 바라보는 능력자들의 눈에는 경악이 흐르고 있었다. 자신들은 한 번도 예상하지 못했던 상황이었기 때문이다.

자신들로서는 겨우 접전이 가능한 능력자 집단이 나타난 것은 물론이고, 그에 버금가는 몬스터까지, 충격이 아닐 수 없었다.

"휴우, 다행입니다. 지금까지 봤던 세계와는 완전히 다른 곳이더군요, 사형."

"그런 것 같다. 그리고 그런 기세라니. 지금까지 상대해 왔던 몬스터들과는 완전히 다른 놈들이더구나."

"몸에 흐르던 에테르를 보면 우리가 상대하기에도 벅찬 놈들이었던 것 같기는 했습니다."

"문제가 커질 것 같다. 저런 식으로 변해 버렸다면 앞으로 다른 세계로 넘어가는 것이 위험해질 수도 있겠다."

"그렇겠습니다. 일단, 총단으로 보고부터 해야 할 것 같습니다, 사형."

"그렇게 해라."

대화를 나누던 사제가 보고할 것을 언급하자 곽부형이 고개를 끄덕였다.

예상했던 것보다 훨씬 긴급한 사안이었다.

준비를 하지 못한 상태에서 자신들의 힘을 키우던 세계가 열리기라도 한다면 여파를 감당할 수 없을 것이 분명했다.

그렇게 생각하는 것은 무림맹에서 파견을 나온 이들만이 아니었다.

다른 조직에서 나온 자들 또한 그렇게 생각을 하고 있는 것이 분명했다.

가장 시급한 것은 자신들이 속한 조직에 보고를 하는 것이었기에 케인에게 양해를 구한 후 하나같이 통신실로 달려갔다.

그동안 전략 기지로 사용하던 다른 세계의 공간이 조금 전 자신들이 보고 느꼈던 곳처럼 변해 버렸다면 그 여파를 감당할 수 없었기 때문이다.

그러나 그들도 당황한 나머지 아직까지 깨닫지 못하고 있었다. 덧문을 두들기던 소리가 어느새 멈추어져 있었다는 것을……

이들은 조금 전까지 들려오던 소리가 갑자기 멈춘 이유를 알았어야 했다.

자신들이 방금 전에 다녀온 세계에서 일어난 급격한 변화 때문에 몬스터들이 사라지고 있다는 것을 말이다.

하지만 능력자들은 물론이고 골든 게이트의 수장인 케인과 블라자드의 총수인 이반도 이런 일들이 자신들이 다녀온 세계에서 일어나고 있다는 것을 알아차리지 못하고 있었다.

파파파파팟!

정신없이 달리는 중이다. 감당할 수 없을 정도로 빠른 속도로 먼 거리를 달려 왔다.

생각해 보면 엄청난 거리가 아닐 수 없다. 거의 다섯 시간을 달려왔으니 말이다.

얼마 전 초원을 벗어났다. 그리고 볼 수 있었다. 붉은색 암석으로 둘러싸인 거대한 성벽을.

얼마나 큰지, 떨어진 거리가 10킬로미터가 넘는데도 아주 거대하게 다가온다.

'굉장하군.'

어림잡아도 좌우 거리가 거의 30킬로미터에 달하는 거대한 성벽이다.

도드라지게 튀어나온 치들이 곳곳에 보이는 성곽은 높이가 대략 30미터에 달해 보였다.

'아무리 봐도 완전히 요새로군. 뭔가에 위협을 받고 있기라도 한 건가?'

아무리 봐도 전쟁을 위해 지어진 것 같은 성곽이다.

적갈색으로 물든 성벽이 황혼 빛에 물들어 있는데, 사람의 기를 죽게 만드는 묘한 기운을 품고 있었다.

"저기가 도시에요."

"상당히 크군."

"저건 중간 정도 크기에 속해요. 저런 성보다 몇 배나 큰 성들도 얼마나 많은데요."

"얼마나 되는 거지?"

"저런 정도의 규모는 대략 1,000개 정도 될 걸요. 저보다 큰 것도 그 정도는 있어요."

좌우만 살펴봤지만 길이도 같다고 할 때 대략 900평방킬로미터다. 대한민국의 수도였다는 서울의 한 배 반이 넘는 어마어마한 크기다.

성곽을 보기 100킬로미터 전에는 여기저기 도로가 보였다. 50킬로미터가 남았을 때부터는 농사를 짓는 것으로 보이는 농경지가 나타났다.

그럼에도 집 같은 구조물이 하나도 보이지 않아 이상했는데, 저 성벽 안쪽에 주거지가 있는 것이 분명하다.

그런 성들이 1,000개나 있고, 그보다 몇 배나 큰 성들이 그만큼 있다니 엄청난 세계다.

"일단 저 안으로 들어가 봐야 확실한 것을 알겠군."

"자, 이걸 받아요."

철모가 나에게 뭔가를 내밀었다. 육각형으로 만들어진 패 같은 것이 내 손에 쥐어졌다.

"이게 뭐지?"

"신분을 상징하는 패에요."

"내 건가?"

"맞아요. 이제부터 당신의 이름은 샤인이에요. 샤인 크리스!"

"샤인 크리스?"

"네, 그래요. 그래도 귀족이니까 쓸 만할 거예요."

"귀족이라……."

시스템에 접속했는데도 얻을 수 없었던 정보를 알고 있는 것을 보면 수상한 구석이 한둘이 아니다.

아무래도 다섯 엘리멘탈들은 이 세계와 아주 밀접한 관계를 가진 것 같다.

'뭔가 감추고 있다는 것은 처음부터 알고 있었지만 재미있군. 뭘 더 감추고 있을지 모르겠지만 장단에 맞춰주는 것도 나쁘지는 않을 것이다.'

감추고 있는 것이 있기는 하지만 내게 귀속된 존재라는 것은 확실하다.

세계를 열 당시에 기운과 의식을 공유하며 그것은 확실히 인지했다. 나에게 위해가 갈 만한 것을 하지 않을 존재들이기에 하는 대로 내버려 두기로 했다.

"해가 저물지도 모르니 일단 가보자."

"그래요."

타타타타탁!

농경지를 가르는 커다란 도로를 따라 성벽 쪽으로 달려갔다.

지금까지처럼 무식한 속도는 아니지만 평범한 사람이 달리는 수준은 한참 전에 넘어서는 속도였다.

오는 동안 미처 살펴보지 못한 터라 달려가는 동안 농경지를 관찰했다.

'모든 것이 다 크군.'

재배하는 작물들이 조금 이상한 모습이다.

벼로 보이는 작물을 재배하는 것 같은데, 바닥에는 물이 하나도 없다. 낟알의 크기도 거의 콩만 한 크기다. 다른 것들도 마찬가지로, 밀로 보이는 작물도 낟알의 크기가 상당하다.

동물들과 마찬가지로 상당히 큰 작물들을 경작하고 있는 것 같다.

'사람들도 동물들과 같은 몸집을 가진 것이라면 나는 난쟁이로 보이겠군.'

신경이 쓰이지 않을 수 없었다.

주식으로 보이는 작물로 볼 때 석벽 안에 거주하고 있는 사람들은 거인일 확률이 높았기 때문이다.

어느새 성벽 가까이 도달했다. 성벽보다 한 배 반이나 높은 치가 보였다.

성안으로 들어가는 문은 치와 치 사이에 있는데, 두께가 1미터가 넘는 철로 이루어진 성문이 떡하니 버티고 있었다.

황혼이 끝자락만 남아 있어서 그런지 성문이 천천히 닫히고 있었다.

"문이 닫히려나 봐요. 어서 들어가세요. 우리들은 빠질게요."

"같이 들어가면 안 되나?"

"아니에요. 혼자 들어가세요. 같이 들어가면 의심을 살 수도 있을 거예요."

"그렇겠군."

"우리들은 걱정하지 마세요. 말씀드렸지만 언제나 당신과 함께 있으니까요."

"알았다."

다섯의 존재감이 사라졌다. 존재감은 사라졌지만, 내 곁에 언제든지 현신할 수 있기에 허전함은 없었다.

"어서 들어가자."

닫히고 나면 밤이 지나고 해가 떠야 문이 열릴 것 같아서 빠르게 안으로 들어갔다.

쿵!

성안으로 들어오기 무섭게 문이 닫히는 육중한 소리가 들려온다.

'기계적인 장치로 문을 여닫는 모양이군.'

성문이 움직이는데 사람의 모습이 보이지를 않는다. 특별한 장치로 여닫는 것이 분명한 것 같다.

'그야말로 철옹성이군.'

외곽의 성문을 통과했지만 완전히 성안으로 들어선 것이 아니다. 성문 안쪽에 철제로 만들어진 문이 또 하나 나를 막아서고 있다.

팔뚝만 한 날카로운 강침이 박힌 거대한 철문을 보니 저절로 위압감이 든다.

제5장

쾅! 쾅!

문을 두드렸다.

철컥!

성문에 붙어 있던 작은 창이 열렸다.

"어디서 온 자냐?"

성문 안쪽에서 경비를 서고 있던 병사 하나가 창을 들이대며 묻는다. 다행히 예상과 달리 거인은 아니었다.

분명히 내가 배운 말과는 다른 종류의 언어인데 정확히 알아들을 수 있는 것이 신기하다.

배운 적은 없지만 이해가 되니 말도 할 수 있을 것 같다.

역시나 생각한 대로 자연스럽게 말이 흘러나왔다.

"수련을 위해 방랑하고 있는 자유 기사요."

"신분을 증명하는 것을 꺼내라."

병사의 말에 철모가 준 신분패를 꺼내 들었다. 옆에 있던 병사가 창을 거둔 후 확인을 하기 위해 신분패를 빼앗듯 채간다.

"잠시만 기다려 주시겠습니까?"

잠시 패를 확인한 병사가 공손한 어조로 말을 했다. 귀족 신분을 증명한다고 하더니, 알아서 기는 모양이다.

끼이익!

성문 정면이 아니라 옆에 자그마한 문이 열리더니 누군가 나온다. 로브를 입고 있는 것을 보면 마법사 같다.

"이리 줘라."

"여기 있습니다. 데얀님."

데얀이라는 마법사는 병사가 들고 있던 패를 건네받더니 묘한 기운을 패에 집어넣는다.

심장에서 돌고 있는 에너지가 손을 타고 신분패에 스며든다.

'에테르와 비슷하면서 패턴은 다른 것 같은데 특이하군.'

심장에서 나온 에너지가 반응을 하는지 신분패에 은은한 녹색의 광채가 어린다.

"샤인 크리스님이군요."

"그렇습니다. 샤인이라고 불러주십시오."

"예, 샤인님. 그런데 이곳에는 어떻게 오신 것입니까?"

"수련을 위해 여기저기 돌아다니고 있는데 지쳐서 쉴 곳을 찾고 있는 중이었습니다."

"하하하하! 방랑하는 소년 기사시군요."

"아직 기사라고 불릴 정도는 아닙니다. 그런데 평시에도 이렇게 경계가 삼엄한 것입니까?"

"아닙니다. 얼마 전부터 천지가 개벽하는 것처럼 이상 현상이 발생하고 있어 몬스터 웨이브가 일어날까봐 성주님께서 경계를 강화하라는 지시가 있었습니다."

"그렇군요."

"이상 현상이 발생하고 난 뒤에 아무도 크리머 성을 방문하는 이가 없어서 병사들이 긴장을 한 모양입니다."

"별달리 예의에 어긋나는 일은 벌어지지 않았습니다. 맡은 바 임무를 성실히 수행하는 병사들이더군요."

"그렇게 생각해 주신다니 감사합니다, 샤인님. 그런데 바깥 상황은 어떻습니까?"

"별달리 이상은 없는 것 같더군요. 몬스터들의 준동도 없었고 말입니다. 농경지를 지나오는 동안 몬스터라고는 한 마리도 보지 못했습니다."

"몬스터를 한 마리도 보지 못했다는 것이 사실입니까?"

데얀이란 마법사가 눈을 빛내며 확인하듯 묻는다.

"그렇습니다. 산맥 근처에서 몇 마리 봤지만 초원 지대와 농경지로 들어선 후에는 한 마리도 본 적이 없습니다."

"후우, 그렇다니 다행입니다."

"무슨 일이라도 있었나요?"

"대형 몬스터들이 나타났다는 보고는 없었지만 계속해서 이상 징후가 나타나 영지의 주민들을 전부 본성으로 피신을 시킨 상태였습니다. 혹시나 몬스터 웨이브가 시작되면 영지민들이 피해를 입을까봐 말입니다. 이제 시간도 많이 지나 기사들을 파견해 정찰을 해야 하나 고민하고 있는 중이었습니다."

"그랬었군요."

"말씀대로라면 별다른 이상이 없는 것 군요. 샤인님 덕분에 시간을 많이 절약할 수 있을 것 같습니다."

"도움이 되었다니 기쁘군요."

"피곤하실 텐데 제가 너무 오래 붙잡고 있었던 것 같군요. 어서 들어가십시오."

데얀이 공손히 내 신분패를 돌려준다. 마법사임에도 예의를 잃지 않는 데얀이 마음에 들었다.

"혹시 성안에 편하게 쉴 만한 곳이 있습니까?"

"중앙 광장을 따라 가다보면 바람의 풍차라는 여관이 있을 겁니다. 가격은 그리 싸지는 않지만 수련할 수 있는 연무장도 있고, 음식 맛도 괜찮으니 쉬기에는 불편한 점이 없을 겁니다."

"고맙습니다."

"별말씀을!"

데얀이 말을 끝내고 신호를 보냈다.

그가 나왔던 쪽문이 활짝 열렸다.

천천히 걸어 문을 통해 안으로 들어가자 중세 유럽 같은 도시의 전모가 드러났다.

'성의 규모를 보고서 내부도 꽤나 클 것이라고는 생각했지만 예상외로군.'

대도시를 방불케 할 정도로 사람들이 많았다. 건물들도 상당히 좋은 편이었다.

마법사인 데얀이 권유해 준 바람의 풍차를 찾기 위해 발걸음을 옮겼다.

'하나같이 에테르를 품고 있구나.'

도시 안에 거주하고 있는 사람들의 내부에서 뿜어져 나오는 에테르를 느낄 수 있었다.

어른은 물론 아이들까지, 하나같이 에테르를 가지고 있었다.

[여기 사람 수가 얼마나 되지?]

[크리머 성에 거주하는 사람 수는 총 1,325,457명이에… 아니, 방금 전에 세 명이 태어났으니 1,325,460명이네요.]

지모의 말대로라면 상당한 인구가 아닐 수 없다.

[상당한 많은 사람들이 거주하는군.]

[면적에 비해서는 그렇지도 않아요.]

[그렇기는 하군.]

최소한 900평방킬로미터다. 대한민국의 수도였다는 서울보다 한 배 반이나 넓은 면적이다. 그 안에 이 정도라면 아주 적은 인구다.

　[게다가 여기 있는 사람들 중에 반 수 이상이 원래 이곳에 거주해 살던 이들이 아니에요. 이상 현상이 발생하자 크리머 성의 영주가 포털을 이용해 긴급 대피시켜서 많아 보이는 거예요.]

　[그렇다면 이곳에 상주하는 인구는 60만 명 정도라는 이야기군.]

　[그래요.]

　[그럼 이런 도시지역 말고 다른 곳도 있다는 뜻이로군.]

　[여기서부터 10킬로미터 안쪽까지는 도시지역이에요. 그리고 그 안쪽 16킬로미터는 공장과 농경지들이 있고, 그보다 더 안쪽에는 영주가 거주하는 내성이 있어요.]

　[으음…….]

　다른 것에는 별다른 느낌이 없었는데, 공장이라는 말에 뭔가 있다는 생각이 든다.

　그것은 광장과 거리를 오가는 주민들의 모습 때문이었다.

　'비슷한 유형의 제품이 많았다. 그러면 공산품을 생산할 수 있는 경제적 여건을 갖추었다는 건데…….'

　창을 들고 다니는 병사들이 있고, 칼을 차고 다니는 기사와 마법사들이 활보하는 세상에서 공산품을 생산하는 공장이라니, 의외가 아닐 수 없다.

　세계에 대해서 아는 것이 별로 없는 터라 뭔가 정보를 얻기 위해서는 여관에 빨리 가봐야 할 것 같다.

[바람의 풍차는 어디에 있지?]

[공장으로 들어가는 초입에 있어요.]

[그럼 빨리 가봐야겠군.]

지모의 안내를 받아 서둘러 여관으로 향했다.

'저기로군.'

여관은 6층짜리 건물인데, 1층에 식당이 있어서 그런지 제법 사람이 북적였다.

'으음, 이런 냄새라니?'

안으로 들어서자 냄새가 코를 찌르며 배 속이 요란을 떤다.

이런 냄새는 처음 맡아 본다. 코를 벌름거리고 있자니 나보다 두어 살 어린 소년이 조르르 다가온다.

"어서 오세요."

"먼저 식사부터 하고 싶은데."

"주무시고 가실 겁니까?"

"그럴까 한다. 그런데 그건 왜 묻지?"

"숙박을 하시는 분은 음식 값이 할인이 돼서요."

"그래, 그러면 방도 하나 잡아 주면 좋겠군."

"알겠습니다. 아, 마침 저기에 자리가 하나 나왔네요. 가서 앉으세요."

"음식 주문은 받지 않나?"

"하하하, 우리 집은 언제나 한 가지 메뉴만 팔아요. 바로 오늘의 요리죠. 그렇다고 실망하실 필요는 없어요, 엄마 솜씨가 아주 좋아서 먹을 만하실 거예요."

"그래, 기대해 보지."

"그럼, 금방 내오도록 할게요."

인사와 함께 주방 쪽으로 달려가는 소년을 보며 가리켜 준 자리로 가서 앉았다.

'스승님께 배우기는 했지만 겪어본 적이 없어서 어색하구나.'

태어날 때부터 수용소에서만 생활했던 터라 일상적인 것에는 아주 서툴다. 회귀하기 이전의 세계에서도 마찬가지였다. 실험실만 전전하며 생활을 하던 실험체였으니 말이다.

스승님과 아저씨들께 바깥세상에 대해서 배우기는 했지만 몸에 익은 것이 아니다. 빨리 적응해야 할 텐데 걱정이다.

탁!

잠시 생각에 잠겨 있는데 어느새 음식이 탁자에 놓여졌다.

"맛있게 드세요."

탁자위에 놓인 음식은 빵과 스프, 그리고 어떤 종류인지 모를 구운 고기였다.

꿀꺽!

입 안에 침이 고인다. 속이 상할까봐 일단 수저를 들어 스프를 맛봤다.

'으음, 이런 맛이라니!'

부드러우면서 고소한 맛이 일품인 스프다. 뭉글하게 끓였는지 안에 들어 있는 야채도 부드럽다.

'어디, 포크와 나이프로군.'

아저씨들에게 들었던 도구를 사용해 고기를 맛보기로 했다.

식사를 하고 있는 사람들의 모습을 이미 봐뒀기에 사용하는 데는 문제가 없었다.

'크으.'

나이프로 잘라 고기를 입에 넣어 씹는 순간, 말할 수 없는 풍미가 입안에 감돈다. 눈물이 핑 도는데 이런 기분이 뭔지 도대체 모르겠다.

'크크크, 정말 맛있군.'

눈물이 나올 것 같아 고개를 숙였다. 얼른 빵을 뜯어 스프를 찍어 입안으로 가져갔다.

'할아버지나 부모님 소원대로 반드시 북한을 탈출한다. 그러고는 세 분을 찾아 떵떵거리며 잘 살아야 한다.'

여기는 현실 세계가 아니다.

게이트 너머의 다른 세상이다.

음식 하나에 감정이 소용돌이치다니, 괴롭다. 이곳의 삶은 나에게 별다른 의미가 없는데 말이다.

이 세계에서 단서를 얻어 어렸을 때 스팟에서 실종되신 할아버지와 부모님을 찾아야 한다.

'반드시 이루고 말 것이다. 그럼 잘 먹어야겠지.'

나온 음식을 꼭꼭 씹어 남김없이 먹었다. 스프도 빵 조각을 이용해 싹 훑어 먹었다.

탁!

음식을 다 비우자 식탁 위에 잔이 하나 놓여졌다. 음식을 가져왔던 소년이 놓은 잔이다.

"이거 한 번 드셔보세요."

"뭐지?"

"오렌지 주스에요. 여기 특산품이죠. 성문이 닫히는 바람에 오렌지를 구할 수 없어 이게 마지막이에요. 엄마가 만든 음식을 이렇게 맛있게 먹는 사람은 처음 봐서 드리는 거예요."

"고맙군. 그런데 이름이 어떻게 되지?"

"아론이에요."

"그래, 잘 먹으마. 아론."

"방은 6층 좌측 끝에 있는 방으로 잡아 뒀어요. 전망이 제일 좋은 방이죠. 헤헤, 방랑 기사 같은데 제가 서비스 하는 거예요."

"고맙군."

하는 행동이 고마워서 주머니에서 철모가 마련해준 동전 하나를 꺼내 아론에게 주었다.

"아니에요. 이런 거 받으면 엄마한테 혼나요."

"아니다. 내가 고마워서 주는 것이니 받아도 된다."

잠시 쭈뼛거리더니 카운터를 보고는 이내 동전을 받는다.

"헤헤헤, 고맙게 잘 쓸게요. 학비에 보태면 되겠네요."

"그래라."

"열쇠는 저기 있는 우리 형, 카론에게 받으세요."

"알았다."

아론의 말에 카운터로 향했다.

"숙박을 하신다고 아론에게 들었습니다."

"얼마나 될지는 모르지만 최소한 한 달 정도는 머물 생각인데, 숙박비가 얼마나 되지?"

"아침과 저녁 식사를 제공하고 하루 1실버지만, 한 달 머무신다니 25실버만 내세요."

"많이 깎아 주는군."

"하하하, 조만간 장기 숙박자들이 다들 떠날 테니 다른 장기 손님을 잡아야 해서요."

"그런가? 장사를 잘 하는군. 여기 있다."

철모에게서 받은 금화를 꺼내 주었다. 25실버라지만 깎고 싶은 마음이 없었기에 30실버를 주었다.

"거스름돈이……."

"됐다. 팁이다. 반은 너 갖고 반은 네 동생인 아론의 학비에 보태도록."

"감, 감사합니다. 여기 열쇠를 받으십시오."

"그런데 연무장은 어디 있나?"

"후원에 마련되어 있습니다. 담이 높아 바깥에서는 보이지 않고, 지금은 수련하는 숙박객도 없으니 언제든지 사용하셔도 될 겁니다."

"좋군, 난 그만 올라가겠다."

"편히 쉬십시오."

카론이 주는 열쇠를 받아들고 맨 위층으로 올라갔다. 좌측 끝에 있는 방으로 가서 문을 열고 안으로 들어갔다.

"전망이 좋다고 하더니 정말 그렇군."

농경지와 공장 지대가 환하게 보인다. 강물이 둘러싸고 있는 내성도 눈에 들어온다.

농경지와 공장 지대를 둘러싸고 있는 외곽의 도시에 있는 건물 중 최고층이 6층이다. 도시계획을 그렇게 한 것 같다.

바람의 풍차는 한 층, 한 층이 다른 건물보다 조금 더 높다. 그래서인지 도시의 건물 중에서도 제일 커서 전망이 아주 좋다.

"으음, 저 강은 외성에서부터 흘러들어와 내성 주변을 돌다가 다시 외성 밖으로 흘러나가는 모양이군."

좌측 외성 쪽에서부터 흘러들어와 해자처럼 내성 주변을 감싸고돌다가 다시 반대편으로 빠져나가는 강물이 보인다.

성으로 들어오긴 전에 수기를 느끼기는 했지만, 이 정도의 강이 성을 관통하며 흐르고 있을 줄은 몰랐다.

"내일은 강을 따라 한 번 훑어봐야겠군."

폭이 300미터는 넘어 보이는 것이 제법 큰 강이다. 수기도 풍부하고 물빛이 아주 맑은 것이 아주 좋아 보인다. 한번 살펴봐야 할 것 같다.

"크리머 성이라면 이곳의 주인의 성이 크리머라는 뜻인데 누구인지 궁금하군."

도시의 분위기나 아론과 카론의 태도를 보면 크리머 성은 꽤나 살기 좋은 곳이 분명했다.

더군다나 이상 징후가 포착되자마자 주변의 영지민들을 모두 불러 모아 안전을 도모한 것을 보면 영주도 괜찮은 사람일 것 같아 궁금해졌다.

[이곳 영주에 대해 알고 있나?]

[자세한 것은 잘 몰라요. 하지만 제 친구라면 알 수도 있을 거예요.]

대답을 한 이는 방안에 놓인 화병 안의 꽃에 깃들어 있는 초모였다.

[친구?]

[여기저기 쓸모없이 쏘다니는 친구죠. 불러드릴까요?]

내 기운에 반응한 엘리멘탈들은 모두 다섯이다. 지금 대답한 초모와 철모, 지모와 화모, 그리고 수모까지. 이들은 서로 친구라 부르지 않는다.

'어쩌면 다른 존재일 수도 있겠군.'

새로운 존재를 볼 수 있다는 생각에 나도 모르게 고개를 끄덕였다.

"으음."

곧바로 청아한 향기가 방 안에 가득 퍼진다. 초모가 풍기는 향기다.

[호호호, 신호를 보냈으니 금방 올 거예요.]

[알았다. 그럼 기다리지.]

좀 쉬고 싶었기에 침대에 가서 누웠다.

쏴―아아!

침대에 눕기 무섭게 창문을 타고 바람이 들어온다.

"으음!"

바람과 함께 제법 흥미를 끄는 기운도 함께 방안으로 들어왔다. 초모나 다른 이들에 비해 손색이 없는 기운을 지닌 엘리멘탈이 눈에 아른 거린다.

[썩을 년! 왜 불렀냐?]

[다짜고짜 욕이라니? 넌 하나도 변한 것이 없구나.]

[바쁜데 부르니까 그렇지, 이년아!]

[호호호, 소개시켜 줄 사람이 있어서 불렀어.]

[소개시켜 줄 사람?]

[응, 우리 그이.]

[확! 이게 미쳤나?]

[흥! 안 미쳤거든!]

[인간을 배우자로 삼다니… 미쳤군, 미쳤어.]

[그만들 하지!!]

하는 꼴이 가관도 아니어서 기운을 실어 한마디 했다.

[으음.]

[음.]

충격을 받은 듯 하늘거리던 엘리멘탈이 비틀거리며 뒤로 물러난다. 아무리 봐도 경계심이 가득한 얼굴이다.

[넌 누구지?]

[나는 바람의 주인이다. 그런데 너는 어떻게 저년과 함께 있는 거지? 정말로 저년 서방이냐?]

[말을 참 걸게 하는군.]

[내가 물었잖느냐? 저년 서방이냐고!]

휘이이잉!!

방안에 바람이 거칠게 분다. 가구와 침구가 바람에 휘말려 떠오른다.

[더 이상 무례하게 굴면 가만히 두지 않는다.]

[하아? 가만히 두지 않겠다고?]

더 이상 놔두면 무슨 꼴을 볼지 몰라 공간을 차단했다.

[어, 왜 이러지?]

바람은 대기의 움직임이다. 공간을 차단하는 것과 동시에 대기의 흐름도 차단시켰다.

회귀 전에 실험에 동원이 되어 정령사와 싸웠을 때 깨달은 방법이다.

바람의 엘리멘탈이 이상할 만도 할 것이다. 공간과 대기를 차단하면 바람은 일지 않는 법이니 말이다.

[너! 어떻게 한 거야?]

[말이 짧다.]

화—아악!

내가 가지고 있는 기운 중 하나를 풀었다. 의지와는 달리 우연치 않게 얻은 기운인 현기다.

현기는 혼돈의 기운이다.

오행의 기운보다 어쩌면 상위 차원일 수도 있는 것이다. 혼돈에 가까운 대류의 기운을 옭아매는 것은 아무것도 아니다.

[어, 어떻게 한 거예요?]

무서워 떨고 있다는 것이 확연하게 느껴지는 목소리가 뇌리를 울린다. 엘리멘탈이 떨다니, 재미있는 일이다.

[그것까지 네가 알 필요는 없다.]

[아, 알았어요.]

[아참, 영주에 대해서 물어볼 것이 있다고 했잖아요?]

보기 안쓰러웠는지 초모가 나섰다.

[그래, 이곳 크리머 성의 영주에 대해 알고 있나?]

[아, 알고 있어요.]

[그에 대해 말해 보도록. 되도록 자세히!]

의지를 실은 탓인지 바람의 엘리멘탈이 움찔거린다.

[너도 내 말을 듣기 위해서는 이름이 필요한 건가?]

[마, 맞아요.]

[골치 아프군. 좋다. 너에게 이름을 주도록 하지.]

아무래도 내 정체를 알아차린 것 같아 이름을 주기로 했다.

[고마워요.]

[네 이름은 지금부터 풍모다. 초모처럼 쓸데없는 말은 사양하
도록 하지.]

이름이 부여되자 기운이 실체화되는 것이 느껴진다.

가두어둔 공간을 해제하자 풍모가 움직이기 시작한다. 조금
전까지는 일렁이는 모습이었는데, 푸른빛이 역력한 모습으로
실체화 된다.

[감사드려요.]

[영주에 대해서 말해 봐라.]

[그럼 말씀 드릴게요. 이곳 영주는 요한 크리머라고 해요. 부
인은 없고, 슬하에 딸 하나를 두고 있어요. 그리고 브리턴 제국
의 백작 중 하나에요.]

[브리턴 제국의 백작이라고?]

[그래요. 브리턴 제국의 변경백 중 한 명으로 바람의 소드 마
스터라고 불려요.]

[바람의 소드 마스터라면 너와 관계가 있는 모양이군.]

[아주 먼 옛날 인간으로 폴리모프했을 때, 제 피를 이은 아이
의 후손이에요.]

[폴리모프?]

[다른 존재로 화신하는 것을 말해요.]

[그렇군. 그러면 너는 여기 매인 존재인건가?]

[그건 아니에요. 요한의 딸인 엘리스가 제 피를 진하게 이어

받아서 그 아이를 돌보고 있었어요.]

　[정령사라도 되는 건가?]

　[정령사 정도가 아니에요. 그 아이는 정령체를 타고났어요.]

　[정령체가 뭐지?]

　[스스로도 정령이 될 수 있는 신체를 타고난 아이에요. 그래서 전 딴 년, 힙! 딴 아이들이 탐낼까봐 그 아이를 지키고 있는 중이에요.]

　초모를 험하게 부르려다가 나를 보고 말을 바꾸는 모습이 꽤나 귀엽다.

　그나저나 정령체라니, 새로운 사실이다. 인간의 몸으로 정령과 같은 본질을 가지고 있다니 말이다.

　[재미있군. 그건 그렇고, 요한이라는 자는 어떤 사람이지?]

　[인간들의 입장에서 보면 꽤나 괜찮은 영주에요. 세금도 수입의 30퍼센트 밖에는 걷지 않고, 병사들을 강하게 조련시켜 영지민들을 지켜주니까요.]

　풍모의 말마따나 괜찮은 영주인 것 같다. 성안으로 들어왔을 때 영지민들의 얼굴에서 그늘이 별로 없었으니 말이다.

　[크리머 성의 전력은 어느 정도지?]

　[병사들은 3만 명 정도고, 치안대와 자경대까지 합치면 5만 명 정도에요. 그리고 기사들이 215명, 마법사가 14명이에요.]

　[꽤 많군.]

　원래 거주하던 인구가 60만 명이다. 인구의 5%가 병사고 나머지까지 합친다면 10%에 육박한다.

이정도면 상당히 높은 비율이다.

[아무래도 변경 지역이라서 그래요. 화이트헤드 산이 가까워 서인지 몬스터도 많아서 그만한 전력은 항상 유지해야 해요.]

[변경이라고 했는데, 이 지역과 국경을 맞대고 있는 곳은 어디지?]

[아메르 왕국이에요. 거의 제국에 육박하는 국력을 가진 국가 죠. 사실 화이트헤드 산맥이 가로막고 있어서 전쟁이 날 일은 거의 없어요. 대부분 몬스터 때문에 전력을 유지하고 있는 거 죠.]

[알았다. 충분히 설명이 되었다. 이제 그만 가보도록.]

대충 정보를 챙겼기에 가라고 했더니 머뭇거린다.

[왜 그러고 있지?]

[아니에요. 제가 데리고 갈게요. 오랜만에 만나서 할 이야기 도 있고요.]

초모가 나서서 풍모를 잡아끈다.

초모가 뭔가 감추는 것이 있는 것 같지만 내버려 두었다.

어차피 내 권속에 속하는 이들이라 날 위해하는 짓은 하지 않 을 것이기 때문이다.

창문이 스르르 열리며 풍모의 존재감이 사라진다.

탁자 위에 놓여 있던 화병의 꽃에 머물러 있던 초모의 존재감 도 사라졌다.

"한숨 자야겠군."

그냥 달려오기만 했는데 피곤한 하루다.

스승님께 설명을 들었던 것과는 완전히 다른 세계였기에 정신적으로 아주 피곤해졌기 때문이다.

게이트를 넘으면 몬스터가 나오는 세계가 존재한다고 했다.

인간이라고는 하나도 보이지 않는 몬스터만의 세계가 펼쳐진다고 했는데, 실상은 완전히 다른 상황이다.

이곳은 현실 세계와 같은 세계다. 차원이 다를 수는 있어도 말이다.

"인과율 시스템에서 얻은 정보만으로는 이곳에 대해서 명확히 알 수 없다. 아무래도 정보가 온전히 전해진 것은 아닌 것 같으니."

아무리 머릿속을 뒤져봐도 세계를 형성하는 근원에 대한 정보밖에는 없는 상황이다.

"모든 원인은 나한테 있는 것 같은데……."

나 때문에 세상이 이렇게 변한 것 같아서 머리가 복잡하다.

현실 세계와 이곳에 동시에 존재하는 것도 머리를 아프게 한다.

"골치 아프군. 너무 조급하게 생각하지 말자. 돌아가는 것도 방법이 될 수 있을지 모르니까."

아무래도 한숨 잔 다음 생각을 해봐야겠다. 도대체 왜 이런 현상이 벌어진 것인지 말이다.

"이년아, 어떻게 된 거야?"

끌려나오듯 방을 나와 내성 깊은 곳에 있는 자신의 보금자리에 도착한 풍모가 물었다.

"너, 한 번 죽어 볼래?"

"허어, 이것 봐라. 이년이 서방이 생겼다고 이제 개기네?"

초모의 반항에 풍모가 눈을 부라렸다.

"너, 잘해라. 서열도 가장 밑으로 들어온 년이 그러다가 소박 맞는다?"

"소박?"

기세등등한 초모의 말에 풍모가 의아한 듯 눈을 동그랗고 뜨고 묻는다.

오랜 세월동안 지켜봐 왔어도 초모의 이런 모습은 처음이었기 때문이다.

"결혼을 한 여자가 집에서 쫓겨가는 것을 소박이라고 하는 거다, 이년아. 마스터가 속한 차원에서의 풍습이라고 하니 알아서 기어야 할 거야. 잘못하면 네년도 소박맞을 테니까."

"휴우."

한심하다는 듯 쳐다보는 초모의 모습에 풍모가 한숨을 쉬었다. 소박이 무엇을 뜻하는지 알아차린 것이다.

"존재의 의미를 잃을 수도 있다는 뜻이구나."

"알아들었구나. 그이가 널 내치면 영원히 소멸하는 거야. 그러니 잘해라. 그리고 너 서열이 다섯 번째야. 그러니까 앞으로 알아서 처신해."

"알았어. 그런데 넌?"

"휴우, 세 번째다. 수모가 첫 번째, 지모가 두 번째, 그리고 화모와 천모가 공동 네 번째고, 네가 마지막이다."

"세 번째? 네가?"

"제기랄! 잘못 개기다가 서열이 밀렸다."

"무슨 일이 있었는지 말해봐."

"그래, 너도 그이 성격을 알아야 하니."

초모는 처음 차훈이 자신들의 아이들을 박살낸 것을 말해주었다. 수모와 지모의 아이들이 어떻게 됐는지에 대해서도 말해주었다.

그리고 처음 봤음에도 자신이 삐쳐서 일부러 차훈을 만나지 않은 탓에 서열이 밀려야 했던 것도 말해주었다.

"그러니까 네가 잠깐 삐쳐 있는 동안에 그 둘이 이름을 받았다는 거구나."

"그래. 그이는 나대는 것을 싫어해. 더군다나 인간의 나이로는 아직 어린 편이라서 남녀 관계는 잘 모르니까 알아서 잘 행동해야 될 거다. 그리고 언니들에게는 개기지 마라. 전과는 완전히 다른 분들이니까."

"다른 분?"

존칭을 하는 모습에 풍모가 놀라 물었다.

"혹시나 말하는데 시험할 생각도 하지 마라. 그러다가 너만 박살 날 테니까."

'어째서 저년이 저렇게 얌전을 떨지?'

어린 듯 보이지만 자신만큼 성질이 괄괄한 초모다.

대등한 존재인데도 꼬리를 내리는 것을 보면 이유가 있는 것이 분명했다.

'이유는 모르겠지만 저년이 이러는 것을 보면 일단은 몸을 사려야겠구나.'

세상의 모든 소리를 들을 수 있는 탓에 정보에 민감한 풍모는 초모의 행동에서 자신이 어떻게 처신해야 할지 깨달았다.

그냥 철없이 나대다가는 초모가 겪었을지도 모를 일이 자신에게도 해당될 수 있다는 사실을 간파한 것이다.

"어! 오신다."

"누가 오는데?"

자신을 옥박지르던 초모가 갑자기 뻣뻣하게 부동자세를 취하자 풍모가 물었다.

"언니들!!"

초모가 대답을 끝내기도 전에 주변의 공기가 달라졌다.

사방이 완전히 막힌 것 같은 답답한 느낌이 들자마자 뭔가가 나타났다.

차차착!

느낄 사이도 없이 초모 옆으로 어떤 존재들이 나타났다.

왼쪽으로 한 명, 오른쪽으로는 두 명이 초모와 마찬가지로 부동자세로 섰다.

초모가 자신을 향해 계속해서 눈을 깜빡거리자 풍모는 마지못해 화모 옆에 섰다.

'하나같이 나보다 강해.'

전과는 달랐다. 분명 자신과 대등했는데 지금 보니 아주 강한 존재감을 풍겼다. 뭔지 모르겠지만 변화가 있었음이 분명했다.

'뭔가 나타났다.'

또다시 존재감이 느껴졌다.

"헉!"

수모가 모습을 드러내자 풍모는 자신도 모르게 헛바람을 삼켰다.

'내가 전에 봤던 그년이 맞는 거야?'

수모는 아주 오래전부터 봐왔던 사이다.

원만한 성격을 가지고 있어 자신에게 놀림의 대상이 되었던 수모였는데, 지금은 확연히 달라보였다.

"새로운 막내가 생긴 것 같은데. 교육이 아직 안 됐나 보네?"

자신을 바라보며 한마디 하는 수모의 말에 풍모는 오한이 들었다.

"시정하겠습니다!!"

네 명이 커다랗게 이구동성으로 대답하자 오한은 점점 더 심해졌다.

"서방님이 심기가 불편하시다. 그러니 신경 쓰시지 않게 처신들 잘해라."

"네!!"

"막내는 대답을 안 하나?"

"저, 저요?"

"그래. 너!"

"자, 잘 할게요."

"휴우, 넷째들!"

"예, 큰언니!!"

"신입은 아직 잘 모를 테니 교육 잘 시키도록 해라."

"걱정하지 마세요, 언니!"

철모와 화모가 한목소리로 대답했다.

"서방님에게 갈 테니 지모와 초모는 날 따라와라."

"네, 언니!!"

파파팟!

대답이 끝나자마자 셋의 존재감이 사라졌다.

"너!"

"예, 예!"

화모가 노려보며 부르자 풍모가 얼떨결에 대답했다.

"너, 셋째 언니에게 개겼지?"

"예?"

"아직도 정신을 못 차렸군."

화르르르르!

영문을 몰라 어리둥절한 풍모 앞으로 화염이 솟아올랐다.

"헉!"

화염이 솟구치며 자신의 힘을 옭아맨다는 것을 알아차린 풍모가 헛바람을 삼켰다.

'주, 죽었다.'

화모와 철모의 입가에 어린 묘한 미소를 본 풍모는 자신도 모르게 몸을 떨었다.

그토록 소원하던 이름을 받기는 했지만, 아무래도 오늘은 불길한 날이 분명한 것 같았다.

차훈은 어느새 침대에 누워 잠이 들었다.

수모를 비롯한 셋은 방에 도착해 자고 있는 차훈을 바라보고 있었다.

"벌써 떠나신 모양이군."

"세상이 멈춘 걸 보니 그런 것 같아요. 언니."

지모의 말대로 창문 밖의 모든 세상이 멈춰 있었다.

하늘 날아다니는 새들도, 거리를 걷고 있던 사람들도 정지해 있었다.

움직이는 것은 오직 수모를 비롯한 여섯 명의 엘리멘탈뿐이었다.

"점점 주기가 안정화되어 가고 있다."

수모가 심각한 표정으로 말했다.

"서방님의 본체들이 융합되는 날이 멀지 않았군요."

"그런 것 같다. 신의 실험실도 안정을 찾고 있는 것 같으니, 네 말대로 서방님의 본체들이 융합을 시작할 거다."

"그러면 상위 차원도 곧 열리겠네요."

심상치 않은 표정으로 초모가 말했다.

"준비를 해야 할 거다."

"그렇지 않아도 차원이 열릴 때 받을 수 있는 충격에 대비해 만반의 준비를 하고 있어요."

수모가 고개를 끄덕였다.

"그나저나 그들은 어떻지? 우리의 계획에 대해서 알아차리면 곤란한데 말이야."

"풍모가 아무것도 모르는 것을 보면 아직 우리들이 준비한 것을 알아차리지 못한 것 같아요."

초모가 자신 있게 대답했다.

"너무 자신하지 마라. 세계를 넘나들며 초월자들을 소멸시키고 원하는 것을 얻는 자들이니 말이다."

"알고 있어요, 언니."

"새삼 말하지만 서방님이 준비되시기 전까지는 철저히 감춰야 한다. 반신에 가까운 존재들이라 그 전에 알아차린다면 골치가 아파지니까."

수모의 말에 초모와 지모가 고개를 끄덕였다.

"염려하지 마세요."

"최선을 다할게요."

"너희들만 믿겠다."

자신도 그렇지만 모두가 자신이 가진 전부를 걸고 준비하고 있는 일이었기에 수모는 둘에게 따뜻한 눈빛을 보냈다.

"그나저나 서방님은 언제 우리를 알아보실까요?"

초모가 조금은 걱정되는 얼굴로 물었다.

"신의 실험실은 아직도 파악이 되지 않은 것이 많은 곳이다. 서방님이 언제 완전하게 각성을 하실지 아직은 모르겠다."

"빨리 각성을 하셨으면 좋겠네요."

"융합이 시작되기 전에는 각성을 하실 테니 너무 염려하지 마라."

"예, 언니."

"그런데 그 아이는 괜찮겠느냐?"

"풍모에 대해서는 염려하지 마세요. 그 아이가 비록 천방지축이지만 본신의 기억을 되찾게 되면 협조할 거예요. 서방님을 그토록 따라다녔으니 오히려 좋아할지도 모르고요."

"그렇다면 다행이다. 그 아이의 힘이라면 서방님께도 많은 도움이 될 테니."

"그럴 거예요."

"이제 돌아가자. 다음번 접속 때는 모든 것이 달라질 테니 마저 준비를 해야 할 것 같다. 서방님께서 다시 접속을 할 때까지 시간이 있기는 하지만 그리 많은 시간이 아니니 말이다."

"예, 언니."

"그래요. 언니."

파파팟!

차훈을 바라보며 알 수 없는 대화를 나눈 세 존재가 방에서 사라졌다.

차훈의 짐작대로 엘리멘탈들은 비밀을 가지고 있었다.

그것도 세계의 운명을 좌우할 만한 거대한 비밀을 말이다.

제6장

6

얼마나 이렇게 있었는지 모르겠다.

서서히 무아지경을 빠져나오며 잠에서 깨듯 정신이 돌아온다.

현실 세계임을 직감할 수 있었다.

'그곳에서 잠이 들자마자 이곳으로 돌아온 모양이군. 그나저나 무아지경에 빠져 있었던 시간이 얼마인지 모르겠구나.'

정확히는 모르겠지만 시간이 많이 지난 것 같다.

'별다른 이상은 없었던 것 같은데 화기를 얼마나 흡수했는지 모르겠구나.'

무아지경에 빠져 있었던 터라 주의를 기울여 신체를 살폈다.

'으음, 수기와 필적할 만한 기운이라니…….'

생각보다 정말 어마어마한 양이 흡수됐다. 화산 지대였던 탓이 컸던 것 같다.

'으음, 수기와 균형을 맞추고 흐르다니 모를 일이로군. 현기도 더욱 커진 것 같고.'

화맥의 화기는 수기와 상극이다. 서로 부딪치는 것을 경계했는데, 같이 움직이고 있는 중이다.

다행이기는 하지만 이것도 예상하지 못한 결과다. 알아서 조화를 이루다니 말이다.

더군다나 정체를 파악하기 힘든 현기도 상당히 커졌다.

'현기뿐만이 아니다. 지기도 훨씬 늘었다. 아무래도 화기와 수기가 균형을 이룰 수 있도록 녹령이 현기와 지기를 흡수한 모양이구나.'

양극이나 다름없는 기운임에도 다행스럽게 화기가 수기와 균형을 이루고 있다.

둘 다 큰 기운인데 균형을 이루는 것은 모두가 지기와 혈액에 녹아든 녹령 덕분인 것 같다.

녹령이 두 기운을 흡수한 것도 영향이 있었지만, 상당한 지기를 흡수한 덕분에 흐름에 큰 줄기를 잡아주고 있어서다.

'걱정하지 않아도 될 정도니 일단 얼마나 시간이 지난 것인지 알아보자.'

생각하는 것을 멈추고 감각을 확장시켜 보았다. 우선 내가 있는 곳 주변을 훑고, 공동도 살펴봤다.

사람들의 이야기를 들을 수 있었다.

대부분 연구에 관한 이야기였지만, 나에 대한 이야기도 상당 부분 있었다.

의식을 차리지 못한 나를 돌보고 있는 이들이 있었다. 내 상태를 살피고 있었던 간호사들이다. 그들의 이야기로 볼 때 무아지경에 빠진 지 벌써 사흘이 지나 있었다.

'벌써 사흘이나 시간이 지났다니……'

상당한 시간이 지났다는 것을 알 수 있었다.

그동안 나를 살려줬던 사람도 이곳으로 내려왔었다고 하는데, 간호사들의 이야기로는 내가 깨어나지 않아서인지 고심인 모양이다.

'이상은 없는데 깨어나지 않아 검사를 하는 것을 보면 내가 걱정할 바는 아니지. 거의 죽을 정도로 다쳤었으니 며칠 더 깨어나지 않는다고 해도 이상하게 생각하지는 않을 것이다.'

생체 신호인 바이탈이 모두 정상을 가리키고 있어서 문제는 없다고 하는 것을 들었다.

이대로 며칠 더 지난다고 해도 큰 탈은 없을 것 같다.

'자연의 기운이 더할 나위 없이 가득 차 있는 장소다. 그렇지만 이곳은 스승님이 그토록 찾고자 했던 무극지와는 조금은 다른 것 같다. 전에 그곳은 수기 하나만 있어서 무극지가 틀림없는 것 같은데 여기는 화기 이외에 다른 것도 섞여 있는 것 같으

니 말이야.'

스승님께서는 세상에는 특별한 기운이 모이는 곳이 있다고 하셨다. 기운이 모이는 장소는 생각보다 많다고도 하셨다.

스승님의 말씀대로라면 자연의 기운은 주로 지맥이나 수맥이 교차하는 곳에 주로 많이 모인다.

세상 사람들이 흔히 스팟이라고 하는 곳들이다.

무극지는 스팟 중에서도 최상의 장소라고 할 수 있다. 기운이 모이는 것은 스팟과 동일하지만 순도가 다르기 때문이다.

무극지에서는 우물처럼 한 곳을 기점으로 기운이 모인다고 한다. 어떤 이유에서인지는 모르지만, 정제된 것인지 기운이 가장 순수한 상태라고 한다.

얻기만 한다면 특별한 힘을 가질 수 있는 기운이 모이는 곳이 바로 무극지인 것이다.

'정말이지 천운이 아닐 수 없다. 전에 있던 곳은 수기가 모이는 무극지고, 이곳은 화기를 중심으로 하는 무극지 같으니 말이다. 더군다나 다른 기운도 그에 못지않게 모이니 이곳은 나에게 있어 최상의 장소라고 말할 수 있다. 수기와 화기 그리고 지기가 신체 내부에 가득 차 있으니 이제는 목기와 금기를 흡수해 보자. 이런 기회는 흔하게 오는 것이 아니니까 말이다.'

폭포수 아래의 공간도 무극지가 틀림없다. 그렇게 강력한 수기가 흩어지지 않고 모여 있었던 것을 보면 말이다.

우연치 않게 흡수할 수 있어서 다행이었지, 그렇지 않으면 그냥 지나쳤을 것이다. 보물을 몰라보고 말이다.

살펴보면 이곳은 화기의 무극지가 맞다. 그렇지만 수기의 무극지가 순수한 수기만 있던 것과 달리 다른 기운도 성하다.

그냥 두면 나만 손해니 기회가 왔을 때 잡아야 한다. 놓치고 후회하는 것은 바보나 하는 짓이다. 다양한 종류의 기운을 흡수할 수 있으니 말이다.

시간이 급하다. 이제부터 이곳에 있는 기운들을 모두 내 것으로 만들어야 한다.

조금 부족한 지기는 물론이고 이 안에 서려 있는 금기와 목기를 전부 흡수해야 하는 것이다.

정신을 다시 집중하며 목기와 금기를 곧바로 흡수했다.

수기나 화기에 비할 수는 없어도 상당히 강력한 기운들이라 걱정이 들었지만 상당히 안정적으로 흡수가 된다.

'자연스럽게 이어지는 것을 보면 무리는 없을 것 같다.'

수기와 화기 그리고 지기가 휘돌며 흘러 들어오는 목기와 금기를 감싸 안는다.

모든 것이 심법의 도움이다.

화기에 비해서는 그리 많은 양이 아니니 시간은 별로 안 걸릴 것 같다. 스승님이 알려준 심법이 무척이나 안정적이기 때문이다.

'처음 배울 때는 정말로 가능할지 의문이었는데……'

수기를 처음 접할 때도 반신반의했다.

그것은 이곳에 오기 전까지도 마찬가지였다.

가능하기는 하지만 실제로 위력을 발휘할지 알 수 없었기 때문이다.

하지만 이제는 완전히 믿는다. 오행의 기운이 나에게 힘을 줄 것임을 말이다.

이렇게 빠른 속도라면 목기와 금기를 흡수하는 것이 그리 오래 걸리지는 않을 것 같다.

'문제는 현기라는 것인데……'

현기라고는 하지만 공기를 일컫는 것이 아닌 것 같다. 특별한 힘을 가진 것이 느껴지니 말이다.

'그렇지만 오행의 기운과는 완연히 다르다. 섣불리 손댈 수는 없을 것 같으니 한쪽으로 몰아넣자.'

현기라는 기운이 미지의 힘을 간직하고 있는 것은 분명하다. 오행의 기운에 밀리지 않고 아직도 내부에 자리를 잡고 있으니 말이다.

다행스럽게도 반발하지 않고 내 의지대로 한쪽 구석에서 자신을 조금씩 키우고만 있으니 그냥 내버려 두기로 했다.

'어떻게 될지는 모르겠지만 오행지기를 이루게 되면 뭔가 답이 나오겠지.'

녹령 덕분에 현기라는 것도 나에게 해를 끼치는 일은 없을 것이다.

오행지기가 완성이 되면 현기라는 것도 제어할 수 있을 것 같아서 빠르게 무아지경에 빠져들었다.

박명호는 오늘도 지하 실험실에 들러 차훈을 살폈다.

평양에서 돌아온 지 벌써 열흘이 지났는데도 깨어날 생각을 하지 않는 차훈 때문에 박명호는 걱정이 이만저만이 아니었다.

"차훈이의 바이탈은 어떤가?"

"아주 안정적입니다. 박사님."

"아직도 정신을 차리지 못하는 것을 보면 이유가 있을 텐데 말이야."

한 가지만 빼놓고 검사란 검사는 다해 본 상황이다.

모든 것이 정상인데 정신을 차리지 못하는 이유를 알 수 없어 답답할 뿐이었다.

"그래, 아직도 몸에 바늘이 들어가지 않나?"

"능력자들에게 사용하는 것들도 써봤지만… 구부러지거나 부러져 버리는 것은 여전하네요."

간호사의 대답은 어제와 마찬가지였다.

그동안 여러 가지 바늘을 써서 혈액을 채취하려 해봤지만 불가능한 상황이다.

'전에도 바늘이 들어가지 않아 능력자들에게 사용하는 것을 썼는데도 그렇다니…….'

수송함에 옮길 때의 경험이 있어 특별한 바늘을 사용하도록 했다.

피부를 강철로 변화시키는 능력자에게도 주사를 놓을 수 있는 바늘이 사용됐다.

다이아몬드가 코팅된 티타늄 바늘조차 부러져 버리니 미치고 환장할 노릇이다.

"바이탈도 전혀 흔들리지 않고 CT나 MRI도 정상이에요. 거의 죽음 직전까지 몰렸었다고 하니 정신적인 충격이 있어서 깨어나지 못하고 있는 것일 거예요. 그러니 너무 걱정하지 마세요. 박사님."

전담 간호사가 위로하듯 말을 건네 봤지만, 박명호는 여전히 불안할 뿐이었다.

'이 아이가 수용소에서 탈출한 것은 분명하게 확인하기는 했지만, 탈출할 당시나 그 이후의 상태가 어땠는지는 전혀 알 수가 없으니……'

차훈에 대해 확실히 알기 위해 매영 중 한 명을 파견해 수용소에서 있었던 상황을 알아봤다.

차훈이 그곳에서 호위총국의 장교를 독살하고 탈출한 일에 대해서 보고를 받을 수 있었다.

수용소장을 비롯해 경비병들이 감춰 버렸다고는 하지만 천하의 매영이 알아내지 못할 것은 없기에 가능한 일이었다.

심복으로 만들기 위해 목숨을 걸고 금제를 풀어주었던 사람이다. 그로인해 다른 매영들과는 다르게 온전히 자신만의 사람이 된 터라 이러한 사실이 알려질 리는 없었다.

더군다나 탈출을 숨기기 위해 수용소장이 실험체 이송장부를 조작해 놓은 터라 앞으로 걸리는 것은 없었다.

문제는 차훈이 수용소를 탈출한 것이 거의 여섯 달 전이었다는 것이다.

차훈의 모습을 마지막으로 확인한 이후부터는 행적이 전혀 나타나지 않았다고 한다.

폭포에 떨어진 다음에는 행적이 사라졌고, 여섯 달 만에 갑자기 대동강에 나타난 것이다.

의심이 가지 않을 수 없었다.

'설마하니 여섯 달 동안 물속을 따라 흘러내려 온 것은 아닐 테고. 도대체 어디 있었던 것이냐?'

정확한 사실을 추측했음에도 믿을 수 없는 일이기에 박명호의 의문은 깊어만 갈 뿐이었다.

그도 그럴 것이, 능력자라 할지라도 물속에서 여섯 달을 버티는 것은 불가능한 일이었기 때문이다.

능력자들을 능가하는 육체는 사라진 기간 동안 만들어진 것이 틀림없었다.

'누군가 의도적으로 접근을 시킨 것이라면……'

그동안 어디 있었는지, 어떻게 특별한 힘을 가지게 됐는지가 중요했다.

누군가 개입을 했다면 모든 것을 원점으로 돌려 생각해봐야 하는 것이다.

"그동안 수고했는데 미안하지만 앞으로도 자네가 전담해서 이 아이를 살펴주게. 최고 지도자 동지께서 특별히 부탁한 아이니 말이야."

"명심하고 돌보고 있어요. 깨어나게 되면 연락을 드릴 테니 좀 쉬도록 하세요. 연구 때문에 잠도 제대로 주무시지 못하셨잖아요."

"틈틈이 잤으니 걱정하지 말게. 나보다는 자네가 쉬어야 하는데 말이야."

"저도 여기서 잠깐씩 졸아서 괜찮아요. 그리고 오늘 자정에 교대하기로 했으니 너무 걱정하지 마세요, 박사님."

"그렇군, 그럼 난 이만 가보겠네. 차훈이가 깨어나면 곧바로 알려 주게."

"예, 박사님."

박명호는 실험실을 나와 지상으로 올라가는 엘리베이터를 탔다. 내일이면 최고 지도자가 평양으로 가는 터라 그동안의 진척 상황을 보고하기 위해서다.

똑! 똑!

지상으로 올라와 다시 엘리베이터를 탄 박명호는 최고 지도자의 방 앞에 도착한 후 문을 두드렸다.

"들어오게."

승낙이 떨어지자 문을 열고 들어온 박명호는 창가에 서서 와인을 마시고 있는 최고 지도자를 볼 수 있었다.

"몸은 좀 어떠십니까?"

"후후후, 와인 잔이 보이지 않나?"

최고 지도자는 잔을 들어 보였다. 와인을 마실 정도로 괜찮다는 뜻이었다.

"좋아하신다는 것은 알지만, 많이 드시지는 마십시오."

"걱정하지 말게. 한잔뿐이니 말이야. 그래, 아직도 그 아이가 깨어나지 않은 건가?"

"그렇습니다."

"하하하, 이 사람. 걱정하지 말게. 천매환을 먹은 아이네. 조만간 정신을 차릴 걸세."

"그렇기는 하지만……."

"쯧! 쯧! 아들로 삼더니만……."

최고 지도자가 혀를 찼다.

냉철했던 모습은 하나도 보이지 않고 영락없는 아들 바보인 아버지의 모습이었기 때문이다.

"죄송합니다."

"아니야. 오히려 보기가 좋네. 자네가 사람 같아서 말이야."

자신을 위해 인간으로서는 차마 할 수 없는 실험을 해 온 박명호다. 가차 없이 실험을 진행하는 것을 보며 내심 꺼리는 바가 있었는데, 지금은 보기가 좋다.

"그 아이 때문에 온 것은 아닌 것 같고, 실험이 끝난 건가?"

"예, 최고 지도자 동지."

박명호는 품에서 은색의 작은 병 하나를 꺼냈다. 휴대용 위스키 병처럼 납작하게 생긴 병이었다.

"성공한 모양이군."

"최고 지도자 동지께서 쉽게 복용하실 수 있도록 환으로 만들어 봤습니다."

"줘보게."

최고 지도자는 병을 받아 든 후 뚜껑을 돌려 열고는 코를 대고 냄새를 맡았다.

"으음, 좋군. 그런데 다른 것도 섞인 것 같군."

자신이 알고 있던 것과는 다른 기운을 느낀 최고 지도자가 심유한 눈빛으로 물었다.

"바로 아시는군요. 말씀대로 다른 것이 섞여 있습니다."

"그래, 뭔가?"

"최고 지도자 동지께서 가지신 기운의 근간이 되는 지기에 현기를 한 번 섞어 봤습니다."

"그렇군, 그런데 효과는 얼마나 지속이 되나?"

그것이 가장 중요했기에 최고 지도자가 물었다.

"한 알에 대략 한 달 정도입니다."

"복용에는 문제가 없나?"

"대역의 혈액에서 추출한 것들이라 거부반응은 없을 겁니다.

다른 사람에게는 독이나 다름없겠지만 말입니다."

"으음, 나만 복용할 수 있다는 것이군. 그래, 그동안 얼마나 만들어진 건가?"

"제작이 완료된 것이 모두 이백 개고, 원료의 양으로 봤을 때 대략 삼백 개 정도를 더 제작할 수 있으니 원하시는 시간은 충분히 얻으실 수 있을 겁니다."

"자네 덕분에 시간을 많이 벌었군. 러시아와의 협상에서도 우위를 점할 것 같고 말이야. 고맙네."

"그저 신명을 다할 뿐입니다. 최고 지도자 동지."

"알고 있네. 자네에게는 연구밖에 없다는 것을 말이야. 그래서 하는 말인데, 내가 간 뒤에 지하 서고를 사용해도 좋네."

"지하 서고를 말입니까?"

"그렇네. 이미 매영에게도 말을 해두었네."

"매영도 승낙을 한 것입니까?"

"다음 단계의 연구를 진전시키려면 자료가 필요한 것을 아니 승낙을 할 수밖에. 더군다나 다음 대 매영의 수좌가 자네 아들이지 않은가. 하하하!"

"감사합니다. 최고 지도자 동지. 아무리 그렇다고 하더라도 최고 지도자 동지께서 도와주시지 않았다면 매영이 지하 서고를 개방하지 않을 겁니다."

"후후후, 공치사한 꼴이 되었군. 하지만 연구에 진척이 있기를 바라는 것은 내 진심일세."

"어떻게든지 진척을 시켜 보이겠습니다."

"그래야지. 박 박사."

최고 지도자가 박명호의 손을 잡았다. 그만큼 믿는다는 뜻이었다.

"이제 됐으니 그만 나가보도록 하게. 자네도 피곤할 텐데 말이야."

"그럼 잠시 쉬겠습니다."

"수고하게."

박명호는 고개를 숙여 보인 후에 방을 나섰다.

'이제부터 정신없이 지내야 하니……'

지하 서고 안에 들어갈 수 있게 된 이상 바빠질 터였다.

서고에 있는 자료들을 머릿속에 넣어야 하고, 당분간은 연구에 매진해야 하는 탓에 쉬어 둘 필요가 있었다.

생각을 마친 박명호는 곧바로 자신의 방으로 돌아가 오랜만에 단잠에 빠져들었다.

목기와 금기를 흡수하는 데 걸린 시간은 이틀이면 충분했다.

더 이상 흘러들어오지 않아 눈을 떠보니 나를 간호하던 분이 반가운 표정으로 바라보고 계신다.

"괜찮니?"

"괜찮아요."

"호호, 정말 오래 자는구나."

눈이 반달처럼 휘어지면서 안도하는 모습을 보니 내 걱정을 많이 하신 것 같다. 생판 모르는 남일 텐데 정말 고마운 분이다.

"제가 얼마나 자고 있었던 거죠?"

"그래, 닷새나 잤단다."

"으음, 정말 많이 잤군요."

"네가 깨어났으니 박사님께 연락을 해야겠구나. 좀 쉬고 있도록 해라."

"예."

인터폰으로 다가가 연락을 취한다. 나를 살려줬던 분에게 연락을 하려는 모양이다.

'정말 고마운 분이다. 그렇지만 뭔가 사연이 있는 분인 것 같구나.'

실험체에 불과한 나를 극진히 보살피는 모습을 보면 단순히 일이기 때문만은 아닌 것 같다.

내가 이곳에 온 뒤부터 하루만 교대를 하고 알뜰히 나를 보살펴 주고 계신 분이다. 손길마다 세심한 감정이 묻어나는 것을 보면 어렸을 적의 어머니를 보는 것 같다.

'어떤 분인지는 차차 알아보기로 하고…….'

일단은 내 몸부터 점검을 해야 할 것 같다.

금기와 목기의 흡수가 어떻게 됐는지 확인해 봐야 하니 말이다.

'수기와 화기는 더 이상 들어올 곳이 없는 것 같고, 지기는 거의 다 찬 것 같구나. 금기는 목기는 절반 수준 정도로군.'

금기와 목기가 절반뿐이지만 실망할 필요가 없다.

무극지 중에 두 곳을 거쳐 온 탓에 이만한 기운을 얻을 수 있었으니 천운이 아닐 수 없었다.

'그렇지 않았다면 스승님과 아저씨들의 진전을 제대로 이을 수 없었을 테니⋯ 모두가 비밀 금고에서 훔쳐 가지고 온 녹령 덕분이다. 그것이 없었다면 물에 빠져 죽은 시체가 되어 어디선가 물고기 밥이 되었을 테지.'

살아남은 것 자체가 천운이다. 이제부터는 스승님과 아저씨들이 알려주신 비전들을 내 것으로 만들기만 하면 된다.

복수할 대상도 가까이에 있으니 언젠가는 기회가 올 것이고 말이다.

선불리 복수할 생각은 없다.

최고 지도자라는 놈의 주변에 있는 자들치고 만만한 자들이 없으니 기회를 기다려야 한다.

그리고 복수도 중요하지만 스승님과 아저씨들의 바람도 들어 드려야 했다.

"깨어났구나."

나를 살려준 아저씨가 실험실로 들어오며 반색을 한다. 얼굴이 수척한 것이 고심이 많았던 모양이다.

"살려주서서 고맙습니다."

"아니다. 덕분에 내가 살았지. 어디 아픈 곳은 없느냐?"

"잘 치료해 주신 덕분에 괜찮은 것 같습니다."

"다행이구나."

입가에 미소를 담고 내 머리를 쓰다듬어 주시는 모습이 마치 아버지 같다.

처음부터 느낀 것이지만 내게 호감을 가지고 있는 것이 분명하다.

"이곳이 어디인 줄 아느냐?"

"모릅니다."

"그래, 내내 정신을 잃고 있었으니 모르겠지. 이곳은 만수연구소라고 하는 곳이다. 최고 지도자를 위한 연구들이 진행되는 곳이지."

"그렇군요. 그런데 왜 제가 이곳에 있는 겁니까?"

"네가 활약을 해준 덕분에 최고 지도자께서 무사하실 수 있어서 너를 이곳으로 데리고 왔단다. 최고 지도자 동지께서 너를 좋게 보신 모양이다. 공화국을 떠받칠 동량으로 키우라고 지시를 하셨으니 말이다."

"저를 말입니까?"

"그렇다. 수용소에 있었으니 알고 있을 테지만, 너에게는 기회가 될 것이다. 아무 말 말고 이곳에서 많이 배우고 실력을 쌓도록 해라."

"수용소에 있었던 저에게 가능한 일이겠습니까?"

"가능하다. 이미 최고 지도자께서 승낙을 하셨고, 이제부터 너는 내 아들이 되었으니 말이다."

"아들이라니 무슨 말씀입니까?"

"최고 지도자께서 너를 내 아들로 주셨다. 그러니 그렇게 알고 있으면 된다."

"으음, 그렇군요."

"모든 것이 잘 될 터이니 걱정하지 마라. 노파심에 말하지만, 다른 이들에게 네가 수용소에 있었다는 것을 말하지만 않는다면 아무 일도 없을 것이다."

"무슨 말씀이신지 알겠습니다."

"내가 하는 말을 알아들었다니 영민하구나."

모를 리가 없다. 수용소에 있었다는 것을 감추고 신분을 세탁해 준다는 뜻을 말이다.

역시나 내게 호감을 가진 것이 분명하다.

"그런데 이름이 뭐냐?"

"박차훈이라고 합니다."

"하하하, 잘 됐구나. 난 박명호라고 한다. 성이 같으니 이름이 헷갈릴 일은 없겠구나."

나도 다행스럽다. 성을 바꾸는 것은 부모님께 죄를 짓는 일이니 말이다.

"그렇군요. 그런데 앞으로 제가 무엇을 하면 되는 겁니까?"

"녀석, 아직은 그런 생각까지 할 필요는 없다. 몸이 성치 않을 테니 우선은 며칠간 몸조리를 하도록 해라. 네가 편히 쉴 수 있도록 방은 곧 옮겨줄 것이다."

"예."

"후후후, 다 좋은데, 어른 같은 말투는 고치도록 해라. 보기 좋지 않구나."

"알겠습니다."

"앞으로는 나를 아버지로 부르도록 해라. 입에 붙지는 않겠지만 일부러라도 그렇게 해야만 한다."

"예, 아버지."

"하하하. 그래. 난 이만 가보마. 앞으로 네 일과를 짜야 해서 며칠 후에나 볼 것 같구나."

"알겠습니다. 피곤해 보이시니 건강에 유념하십시오, 아버지."

"하하하하! 그러마. 아들아."

아저씨는 너털웃음을 지어 보인 후 곧장 실험실을 나섰다.

들어올 때와는 다르게 어깨가 올라간 것이 기분이 좋아 보인다.

"호호호, 이제 박사님 아들이구나. 앞으로 잘 부탁한다. 난 유미영이라고 한단다."

실험실 문이 닫히자 나를 간호해 주던 분이 웃으며 자신을 밝힌다.

자신의 일처럼 기뻐하는 것을 보면 아저씨와 깊은 연관이 있는 분이 분명해 보인다.

"저… 아버지를 좋아하세요?"

"……."

얼굴이 붉어지며 말을 잇지 못하는 것을 보면 틀림없는 것 같다.

"그, 그런 거 물어보는 것 아니야."

"알았어요. 죄송해요."

고개 숙여 인사를 하자 굳었던 안색이 펴지며 다시 기계들을 살피신다.

내 눈을 피하며 일하시는 것을 보니 속내를 들킨 것이 어지간히 무안한 가보다.

얼마 후 방을 옮겼다. 암석을 파고 만들어진 방 치고는 꽤나 잘 꾸며져 있었다.

내 처소가 정해진 후에는 무척이나 한가로웠다. 그저 주는 밥이나 먹으면서 누워 있는 것이 다였다.

일과를 짠다고 하더니 아직까지는 정해지지 않은 모양이다.

아버지가 찾아온 것은 사흘이 지나서였다.

전보다 더 초췌한 모습이 밤샘을 하신 모양이다.

"기다리고 있었나 보구나."

"예, 아버지."

"움직일 만한 게냐?"

조금 무뚝뚝해 보이는 목소리지만 걱정이 담겨 있는 것이 느껴졌다.

"보시는 것처럼 다 나았습니다."

"하하하, 튼튼해서 좋구나. 날 따라오너라."

웃으시며 방을 나서시기에 뒤를 따랐다.

아버지가 나를 데리고 가신 곳은 처음 이곳에 도착해 치료를 받았던 곳 지하였다.

"여기는?"

"잠시만 기다려라."

아버지는 실험실 한쪽에 손을 가져다 댔다. 그러자 벽이 옆으로 밀려나며 암석으로 된 벽이 나타났다.

아버지는 손을 가만히 벽에 가져다 대셨다. 그러자 암석으로 된 벽이 온데간데없이 사라지고 공간이 나타났다.

'분명히 암석에 손을 가져다 댔다. 그리고 움직이지 않았는데… 이상하군.'

환각 같은 것이 아니었다. 마치 공간 이동을 한 것처럼 가로막고 있던 암석이 사라져 버렸다.

'이래서 내가 전혀 알아차리지 못했던 것인가?'

신비한 힘이 작용하는 공간이 틀림없었다.

"어서 들어가자."

"예."

아버지를 따라 안으로 들어갔다. 전등 같은 것이 없는데도 전혀 어둡지 않은 곳이었다.

한쪽 벽에 책이 빼곡하게 꽂혀 있는 책장 하나와, 가운데 책상이 하나 놓여 있었다.

"이곳은 어디입니까?"

"이곳은 만수연구소에서 유일하게 나만의 공간인 곳이다. 앞으로 네가 쓸 공간이기도 하고."

"제가 쓸 곳이라고요?"

앞으로 내가 쓸 곳이라는 말에 의문이 들었다.

"이곳은 최고 지도자는 물론이고, 이곳 연구원들도 알지 못하는 곳이다."

"그 말씀은……."

"그래, 나만의 연구실이지. 너는 이곳에서 내가 알고 있는 모든 것을 배우게 될 거다."

"그럼 저것들이……."

나는 책장을 바라보았다.

"그래, 내가 가진 모든 것이 저기에 있는 것들로부터 비롯되었다."

"그렇군요."

대지의 기운을 앰플로 만들어 낸 기술이 책장 속에 있는 것들로부터 나온 것임을 알 수 있었다.

"후후후, 내가 무슨 말을 하는지 알아들은 모양이구나. 하긴 직접 그것을 주입 받은 너니까… 저것들을 너에게 물려주려고 하는데, 먼저 한 가지 확인을 할 것이 있다."

"뭐가 궁금하신 겁니까?"

"어떻게 해서 네가 대동강까지 온 것인지에 관해서다. 중요한 일이니 사실대로 말해야 한다."

물으실 줄 알았지만 조금은 당혹스러웠다. 아버지가 긴장된 눈빛으로 바라보고 계셨기 때문이다.

"저는……."

수용소에서 탈출했다는 사실을 말씀드렸다.

그리고 무극지에서 수기를 얻은 것과, 깨어나 보니 실험실이었다는 것까지 말이다.

녹령을 얻은 것은 말씀을 드리지 않았다. 그것은 절대 알려서는 안 된다는 경고 같은 예감 때문이었다.

"그랬구나, 그런 기연을 얻었다니……."

내 말에 고개를 끄덕이는 것을 보니 믿고 있다는 것을 알 수 있었다.

'다 말씀을 드리지 못해서 죄송합니다.'

죄송한 마음에 속으로 사과를 했다.

"다행이다. 사실대로 말해주지 않았다면 넌 이곳에서 아무것도 얻지 못했을 것이다. 네 자신조차도 말이다."

정말 무서운 말이다. 나를 죽이려고까지 하셨던 것 같으니 말이다.

'아마도 이곳에 있는 것들이 꽤나 큰 비밀을 간직하고 있는

모양이다.'

책장과 나를 번갈아 보시며 손에 말아 쥐신 것을 누를 것인지를 고민하던 모습을 보면, 아버지도 큰 비밀이 있는 것이 분명했다.

"사실 이곳에 있는 것들은 누구에게도 알려져서는 안 되는 것들이다. 특하나 최고 지도자와 후계자에게는 절대로 말이다. 그렇기에 너를 시험한 것이니 용서해 다오."

"아닙니다."

"용서해 주니 고맙구나."

용서해 주고, 말고도 없다. 아버지가 나를 살려주신 이유가 있다는 것을 알고 있으니 말이다.

속이지는 않았지만 비밀을 감추고 있기도 하고 말이다.

"별말씀을요. 그런데 저기 책장에 있는 것이 무엇이기에 그런 시험을 제게 하신 겁니까?"

"궁금한가 보구나."

"그렇습니다."

"저건 파미르 고원에 존재했던 고대 종족의 유진이다."

"파미르 고원에 존재했던 고대 종족이요?"

"그래, 아주 오래전에 세계를 아우르며 지배했던 대 제국을 움직였던 종족이다. 그리고 저것들은 그들이 남긴 유진들이지."

"으음."

생각지도 못했던 일이기에 저절로 신음이 나왔다.

"내가 하고 있는 연구들은 모두 저 책들에서 비롯되었다고 할 수 있다. 앞으로 저 책들의 주인은 바로 너다."

"제, 제가요?"

"그래, 내 뒤를 이어 저것들을 연구해 주기 바란다."

"제가 할 수 있을까요?"

"넌 할 수 있다. 내가 그렇게 만들 테니까."

각오가 서린 아버지의 목소리에 불가능한 일이 아님을 알 수 있었다.

"알겠습니다. 한 번 해보도록 하지요."

"고맙구나. 그리고 저것들을 다 익히게 되면 한 가지 해 줘야 할 일이 있다."

"무엇입니까?"

"잘못된 것들을 바로잡아야 한다."

"잘못된 것들이요?"

"네가 저것들을 익히게 되면 자연스럽게 알게 될 것이다. 그리고 그것이 네가 가진 사명이라는 것도."

"으음."

여기서 이런 말을 듣게 될 줄은 몰랐다. 스승님도 비슷한 말씀을 하신 적이 있기 때문이다.

비틀어진 것을 바로잡을 사명이 내게 있다고 말이다.

"무슨 말씀이신지 잘 모르겠지만, 한 번 해보도록 하겠습니다."

"하하하하, 고맙구나. 정말 고마워."

초췌한 얼굴이 환해질 만큼 기뻐하시는 모습을 보니 나도 마음이 흐뭇했다.

"일단 저기 있는 의자에 앉아라. 곧바로 시작을 할 테니."

"예."

아버지의 말대로 의자에 가서 앉았다. 아버지는 책장으로 가시더니 뭔가를 꺼내 오셨다.

'저건!'

언젠가 스승님께서 그림으로 설명해 주신 물건이 책상에 놓여 있었다.

천곤이라 일컬어지는 동물의 뼈 같은 것으로 만들어진 물건이다.

천곤은 좌우로 아홉 개, 상하로 아홉 개가 맞추어진 일종의 패다.

각 패에는 알 수 없는 문자가 새겨져 있는데, 세계의 비밀을 간직하고 있다고 스승님이 말해준 적이 있었다.

아버지도 알고 있는지 알아봐야 할 것 같다.

"이것은 뭡니까?"

"이름은 나도 모른다. 하지만 저 책장 안에 있는 책을 읽으려면 이 패가 필요하다."

아버지는 천곤이 뭘 하는 것인지 전혀 모르시는 것 같다.

"책을 읽으려면 이것이 필요하다고 하셨는데, 어떻게 사용하는 겁니까?"

"일단 여기에 그려진 문양들을 모두 외워야 한다. 그러면 무슨 뜻인지 설명을 해주마."

그냥 외우라고 하시는 것 같지가 않다. 아무래도 나를 시험하시는 모양이다.

아들이 돼서 실망시켜 드리고 싶지 않다. 이미 문양은 전부 외웠으니 말이다.

"문양이 무엇을 뜻하는지 설명을 해주십시오. 아버지."

"그것이 무슨 말이냐?"

"문양을 전부 외웠으니 설명을 해주시면 됩니다."

내 말에 무척이나 놀라시는 모습입니다.

"저, 전부 외웠다는 말이냐?"

"그렇습니다."

"차훈아, 미안하지만 내가 시험을 좀 해봐도 되겠느냐?"

탁!

믿지 못하시는 것 같기에 대답을 한 후, 책상위에 놓여 있는 패를 엎었다.

"그렇게 하십시오."

"알았다. 그럼 좌에서 다섯 번째, 아래로 다섯 번째 있는 문양은 뭐냐?"

"점 한 개는 위에, 가운데는 옆에서 옆으로 그린 작대기 하나, 그리고 밑에는 아래로 그은 작대기가 두 개입니다."

"으음. 다음은 우측으로 두 번 째, 밑으로 여섯 번째 있는 것은 어떤 문양이냐?"

"위에는 흔들리는 실들이 두 개, 가운데는 점 하나, 밑에는 가로로 그은 작대기가 하나입니다."

"설마 했는데, 정말 다 외웠구나."

한 번 보고 전부 다 외운 것이 믿어지지가 않는지 놀라시는 눈빛이다.

"외우는 것은 자신이 있습니다."

"알았다. 아주 잘 됐구나. 시간이 많이 걸릴 줄 알았는데, 그럼 문양에 대한 설명을 해주도록 하마."

아버지는 엎어져 있는 패를 다시 뒤집었다.

"여기 보이는 각 문양은 세상에 존재하는 기운을 뜻한다. 또한 각각의 의미를 지니고 있기도 하다. 첫 번째로 너에게 물었던 것은 하늘과 땅과 사람을 뜻한다. 모든 것의 중심을 뜻하지. 조화로운 기운을 상징하기도 한다."

"그렇군요."

"우선 좌측 첫 번째부터 설명을 해주마."

"가운데에 점 하나 있는 것 말인가요?"

"그래, 그것은 하늘을 뜻한다. 처음이자 끝으로 혼돈의 기운을 상징하지. 이것은……."

설명이 계속 이어졌다.

그것은 문양에 대한 설명이기도 했지만, 세상에 존재하는 기운들에 대한 설명이기도 했다.

'패 하나에 이렇게 많은 의미가 깃들어 있다니 놀랍군.'

그나저나 정말이지 놀랍다.

패에 있는 문양 하나를 설명하는데 장장 10분이나 걸렸다.

이것을 토대로 책장에 있는 책들을 해석해야 한다니, 내용이 정말 궁금해진다.

패에 대한 설명은 끊어지지 않고 계속해서 이어졌다.

하나에 거의 10여 분이 넘게 설명을 듣다보니 시간이 금방 지나갔다.

'거의 반나절 동안이나 설명만 하시다니… 나도 그렇지만 대단하신 분이다.'

기감을 펼쳐보니 저녁 시간이었다.

아침 일찍부터 시작해서 밥도 먹지 않고 계속 설명이 이어진 것이다.

"휴우, 이것으로 설명이 모두 끝났다. 그런데 얼마나 기억을 하고 있는 것이냐?"

"말씀하신 것은 전부 기억하고 있습니다."

"저, 정말이냐?"

"그렇습니다. 믿으셔도 됩니다."

"하하하, 그래. 믿으마."

정말 기쁘신 모양이다. 눈가에 눈물까지 글썽이는 것을 보니 말이다.

"내일부터 매일 이곳에 오게 될 것이다. 하지만 이목을 피해야 하니 오늘처럼 긴 시간을 있을 수는 없을 것이다."

"얼마나 있을 수 있는 겁니까?"

"최대 두 시간이고, 적어도 한 시간 정도는 있을 수 있을 것이다."

"알겠습니다. 그럼 내일은 두 시간만 제가 이곳에 있을 수 있도록 해주십시오."

"내일 말이냐?"

"예, 아버지. 두 시간이면 저 책장에 있는 책들을 모두 외울 수 있을 것 같습니다."

"으음, 알았다."

더 이상 묻지 않고 승낙을 해주시는 말에, 나를 믿는다는 것을 느낄 수 있었다.

"너무 오래 있었다. 그만 나가도록 하자."

"예, 아버지."

아버지가 비밀 문을 열었다.

문이 열리자 문 위에 그려져 있는 작은 문양이 빛나는 것을 볼 수 있었다.

그러자 아주 작지만 빛이 꺼지는 것과 동시에 내 머리로 스며드는 기운이 있었다.

'저것이로군, 내 감각을 피해갈 수 있었던 이유가. 저 문양은 현기로 작동하는 것인가?'

그려져 있는 문양은 바다를 뜻하는 것이었다.

모든 것을 포용한다는 뜻도 있고, 깊이를 알 수 없는 기저를 뜻하는 문양이기도 하다.

내 머릿속으로 스며든 현기로 작동하는 것이 틀림없었다.

저 문양이 힘을 발휘하고 있다면 감춰진 것을 찾는 것은 쉽지 않은 일이다.

'새로운 사실을 알았군. 천곤도 아마 현기를 이용해 작동시키는 것일 것이다. 아버지는 저 문양을 보지 못한 모양이구나.'

문이 열릴 때만 작동을 하고, 언제나 혼자 들어오시니 볼 수 없었을 지도 모른다.

'아니면 현기를 가지고 계시지 못해 보지 못하셨을 수도 있고, 어떻게 저런 힘을 발휘할 수 있는지는 내일이면 알게 되겠지.'

문양이 힘을 발휘하는 이유는 책을 통해서 알 수 있을 것이기에 의문을 덮었다.

현기가 에너지원인 것이 틀림없을 것이기 때문이다.

제7장

7

비밀 서고 밖으로 나와 실험실로 들어가니 미영 아줌마가 분주히 움직이고 있고, 침상 위에는 원숭이 한 마리가 누워 있었다.

"어서 오세요. 박사님."

"연락 온 것은 없었소?"

"실험 중일 때는 최고 지도자 동지조차 부르지 못하게 되어 있어서인지 아무 연락도 없었어요."

"실험 자료들은 어떻게 됐소?"

"모니터링을 했겠지만 알아차리지는 못했을 거예요."

"고생했소."

고생했다는 말에 얼굴이 상기되신다. 역시 아버지를 좋아하시는 것이 틀림없다.

"올라가실 건가요?"

"마무리를 해야 하니, 그것만 끝내고 올라가도록 하겠소."

"그럼 전 이만 가보도록 할게요. 마무리 단계는 제가 있지 못하도록 되어 있으니 말이죠."

"미안하오."

"아니에요."

아버지의 말에 미영 아주머니가 밝게 웃으며 실험실을 나가셨다.

"아주머니가 아버지를 좋아하는 모양입니다."

"미안한 일이지. 나 때문에 청춘을 잃어버린 사람이니까. 하지만 나와 연관돼서는 좋을 일이 없으니 모른 척 해라."

"네."

씁쓸한 표정을 지으시는 모습을 보니 일부러 거리를 두시는 것 같다.

알고도 마음을 받아주지 못하는 이유가 있으실 것 같기에 아주머니에 대해서는 잊기로 했다.

"너도 들어서 알겠지만, 여기서 하는 모든 실험은 전부 모니터링된다. 오늘은 초기 실험이라 시간이 오래 걸릴 것이라고 알고 있지만, 내일부터는 그리 오래 걸리지 않을 거다."

"예, 아버지."

대답을 들으신 아버지는 눈을 감고 누워 있는 원숭이의 머리 위에 침 같은 것을 꽂으셨다. 침 끝에는 전선 같은 것들이 달려 있었다.

상당히 중요한 실험 같아 보여 자세히 들여다봤다.

"일정한 법칙에 따라 뇌를 자극하는 것이다. 생물의 잠력을 끌어올리기 위한 것이지. 잠력을 사용할 수 있게 되면 비록 수명이 짧아지기는 하지만 놀라운 힘을 발휘하게 된다."

"놀랍군요."

"이미 예전에 끝난 실험이다. 절대 사람에게는 쓸 수 없는 것이지."

"사람에게는 쓸 수 없는 것입니까?"

"너도 나중에 알게 되겠지만 시술을 받게 되면 엄청난 힘을 가지게 된다. 그리고 특정 신호를 받게 되면 광인이 되어 주변에 있는 모든 생명체들을 공격한다. 그러다 모든 잠력을 소진해 버린 후에는 곧바로 죽음을 맞이하게 된다. 무엇보다 무서운 것은, 광인이 되어 있는 동안에는 총으로도 죽일 수 없다. 그러니 절대 사람에게는 쓸 수 없는 것이다."

"으음."

"너도 배우게 되겠지만, 쓰는 것에는 신중을 기해야 할 것이다."

아버지가 정색을 하며 말하신다.

사람에게 사용한다면 완전히 노예로 만들 수도 있고, 살인 기계처럼 사용할 수 있는 방법이니 함부로 사용하지 말라는 뜻이다.

"예, 아버지. 그런데 저 원숭이는 어떻게 되는 겁니까?"

"시술이 끝난 후에는 몇 가지 훈련을 받게 된다. 그리고 스파이로 이용이 되지."

"스파이요?"

"그래, 사람의 두뇌만큼이나 발달한 뇌를 가지게 된 저 원숭이는 아주 특별한 스파이가 된다. 원숭이가 스파이라고는 아무도 상상하지 못할 테니까 말이다."

"원숭이 말고도 가능한가요?"

"물론 가능하다. 특히 조류는 아주 좋은 실험체지. 앵무새나 구관조의 경우에는 날 수 있을 뿐만 아니라 대화도 가능하니 말이다."

"그렇군요."

기감을 활짝 열고 봐두기를 잘한 것 같다.

전선을 따라 흐르는 힘이 무엇인지, 그리고 얼마나 흐르는지 확인할 수 있었으니 말이다.

"이제 끝났다. 다른 동물들과는 달리 원숭이는 아주 복잡해서 내심 걱정을 했는데 유 간호사가 잘 준비한 모양이다."

"아줌마도 이런 실험을 하실 수 있는 겁니까?"

"그래, 생리학이나 뇌 의학에 대해서는 오히려 나보다 배움이 깊은 분이다."

"간호사가 아니었나요?"

"나 때문에 간호사 노릇을 하고 있지만 미국에서 의학을 전공한 의학박사시다."

"그런데 어쩌다가……."

"묻지 마라. 어쩔 수 없이 이곳에 머물게 된 분이니."

"예, 아버지."

대략은 짐작이 간다.

'아무래도 아주머니 출신이 이미 망해 버린 대한민국인 것 같구나. 남쪽 출신이면서 이곳에 있는 것을 보면 말하지 못할 사연이 있는 것이 분명하다. 어쩌면 이곳에 갇혀 있는 신세일지도 모르겠군.'

대한민국이 공화국에 의해 합병이 된 후, 많은 인사들이 사라졌다는 이야기를 스승님께 들은 적이 있다.

아마도 미영 아주머니 역시 뛰어난 의학 실력 때문에 이곳에 있는 것 같다.

"실험체를 수거해 갈 자들이 올 테니 이만 올라가자."

"예."

아버지를 따라 실험실을 나섰다.

나가는 동안 원숭이 머리에 꽂혀 있는 침을 향해 내가 가지고 있는 기운을 불어넣었다.

그저 생각만으로 할 수 있는 일이기에 그다지 어렵지 않았다.

우리가 나간 뒤, 일 분 정도 지난 후에 기운이 원숭이의 뇌로 침투할 것이다.

아버지가 흘려 넣었던 기운과 같은 순서와 크기로 말이다.

'누구지?'

밖으로 나오자 누군가 우리를 기다리고 있었다.

"너를 훈련시킬 교관이다."

"훈련을 하게 되는 겁니까?"

이미 파악하고 있는 일이지만 반응은 확실히 했다.

"그렇다. 매영에서 나오신 분이니까 잘 배우도록 해라. 내일부터 널 가르치실 것이다."

"알겠습니다."

"차훈이는 내일부터 훈련을 하게 될 것이라 전하시오."

"알겠습니다. 박사님."

나를 가르칠 교관은 아버지의 말에 고개를 숙인 후 다른 곳으로 갔다.

"그만 올라가자."

"예, 아버지."

굳은 안색으로 변하신 아버지와 함께 엘리베이터를 타고 지상으로 올라갔다.

온 신경을 집중하고 아버지의 말씀을 새겨 넣느라 상당히 피곤했기에 방으로 돌아온 후에는 깊은 잠에 빠져 들었다.

묘한 기분으로 잠에서 깨어났다.

잠을 자기 전 좌표를 통해 경계를 넘으려고 했지만 그럴 수가 없었기 때문이다.

'으음, 결과가 나올 때까지 기다려야 하겠지. 아직 정체를 모르는 기운이니 말이다.'

게이트 너머의 세계는 나와 연결이 되어 있다. 주 세계와 그곳에 연결된 다른 세계까지 모두 나에게 귀속된 상태다.

강제로 열 수도 있지만 그렇게 하지 않았다. 어제 비밀 서고에서 얻었던 현기 때문이다.

잠을 자는 동안, 그동안 얻었던 현기가 움직이기 시작했다. 정확히는 게이트에 접속해 경계를 넘으려 할 때였다.

비밀 서고에서 스며들었던 현기가 마중을 하듯 내 몸에 잠재해 있던 현기들을 빠르게 움직였다.

그러고는 게이트 너머의 세계로 빨려 들어갔다.

하지만 현기가 없어진 것은 아니다. 빨려 들어갔던 현기는 다시 되돌아 왔고, 오히려 넘어갈 때보다 몸집을 더 키운 상태였다.

들숨과 날숨처럼 호흡하듯 경계를 넘나들며 덩치를 키우는 현기에 집중했다.

정확한 상태는 모르겠지만, 경계를 넘나드는 현기는 게이트 너머의 세계를 안정화시키고 있다는 것을 깨달았다. 조금 부자연스럽던 현기가 내 의지를 조금씩 따르고 있었기 때문이다.

잠을 깬 지금도 마찬가지다.

정수리에서부터 흘러나온 현기가 게이트 너머의 세계와 지속적으로 호흡을 하고 있는 중이다.

'통제가 가능한 상태니 일단 이대로 놔두고 아버지나 뵈러 가야겠다.'

움직인다고 끊어질 것 같지는 않기에 침대에서 일어나 샤워실로 갔다.

빠르게 샤워를 끝내고 아버지의 비밀 서고로 갔다.

"왔으면 앉아서 저기에 있는 책들을 꺼내서 외우도록 해라."

"예, 아버지."

말씀하신대로 책장에 있는 책들을 가져와 외우기 시작했다. 각인이 되듯 머릿속으로 책속의 내용이 틀어박혔다.

그렇게 한 시간 만에 전부 외울 수 있었다.

외우기를 끝내고 난 뒤, 한 시간 동안 아버지는 내가 기억하고 있는 것들이 맞는지 확인했다.

"그래, 전부 외웠구나. 이제 그만 나가도록 하자. 교관이 기다리고 있을 테니 말이다."

"예, 아버지. 전 잠시만 있다가 가겠습니다."

"그래라. 먼저 나가도록 하마."

어제와 마찬가지로 굳은 안색의 아버지가 먼저 서고를 나섰다. 아버지가 문을 여실 때 주의 깊게 살폈으나, 어제와 달리 문양에서 빛이 보이지 않았다.

'내가 현기를 흡수했기 때문인 것 같은데… 혹시 가능하지 않을까 모르겠군.'

게이트 너머의 세계와 호흡하고 있는 현기에 의지를 부여했다. 일부라도 문양으로 흘러들기를 바랐다.

'되는구나.'

내게 스며들었던 것보다 많은 양의 현기가 정수리에서 갈라져 나와 문양 속으로 빨려 들어갔다.

'의지를 부여할 수도 있을 것 같군.'

출입구 위에 새겨진 문양이 의지를 전해오는 느낌이 들었기에 나도 한 번 해보기로 했다.

[아버지 이외에는 누구도 들어올 수 없도록 했으면 좋겠다.]

번쩍!

생각이 끝나자마자 벽에 있던 문양이 섬광처럼 빛을 토해내고는 사라졌다.

'됐군. 이러면 걱정하지 않아도 되겠다. 어디……'

걱정을 떨치고 조금 전에 보았던 것들을 머릿속으로 다시 한번 확인했다.

'잊어버리지는 않을 것 같으니 나가보자.'

아버지가 기다리실 것 같아 비밀 서고를 나섰다.

실험실에서 아버지와 아주머니가 나를 기다리고 계셨다.

"밖에서 기다리고 있는 것 같으니 나가자."

"예."

"무사히 돌아와야 해요."

"걱정하지 마세요."

걱정하는 미영 아주머니에게 미소를 지어 보인 후 아버지를 따라 밖으로 나섰다.

말씀대로 교관이 기다리고 있었다.

"난 이만 올라갈 테니 저분을 따라가도록 해라. 앞으로는 저분과 같이 생활을 하게 될 것이다."

"예, 아버지."

나를 교관에게 인계한 후 아버지는 곧바로 엘리베이터에 타셔서 지상으로 올라가셨다.

"따라와라."

"예."

아버지가 떠난 것을 확인한 교관은 나를 인도했다.

복도를 따라 몇 개의 관문을 지나쳐 한참을 걸어가니, 이내 커다란 철제 문 앞에 다다를 수 있었다.

"저 안에서 일정한 성취를 이룰 때까지 머물게 될 것이다. 성취를 얻지 못하면 나올 수 없으니 지금이라도 잘 생각해 봐라."

이미 결정은 내려진 상황이다.

적의 기술을 배울 수 있는 좋은 기회이니 거절할 이유가 없다.

"들어가시죠."

"대담하군, 그래. 들어가자."

매영에서 나온 교관은 철문에 손을 가져다 댔다.

'이건 또 다르군. 기운을 이용해 기관을 작동시키는 것인가?'

손바닥에서 나온 기운이 철문 안쪽을 타고 흐르면서 몇 가지 장치를 건드렸다.

'상당한 장치다. 기운을 가지고 있다고 해도 안에 설치된 기관을 알지 못하면 열지 못하는 문이다. 더군다나 순서가 수시로 바뀌도록 설치되어 있다니, 역시나 매영이다.'

아버지의 비밀 서고에는 미치지 못하지만 대단한 장치다. 고전적이지만 대단히 정교한 보안장치라서 함부로 침입할 수는 없을 것 같았다.

그르르릉!

여는 것이 끝난 것인지, 문이 옆으로 밀려나며 어두운 공동이 보인다.

"따라와라."

사나이의 말에 뒤를 따라 공동 안으로 들어갔다.

'으음, 전에 전부 흡수했다고 생각했는데, 진짜배기는 따로 있었구나.'

안으로 들어서자 넘실대는 기운이 느껴진다.

처음에 느꼈던 것과는 비교조차 할 수 없는 크기의 기운이 공동 안에 머물고 있었다.

한없이 큰 대지의 기운이다.

비밀 서고처럼 이곳도 내가 느끼지 못했던 곳이다.

'여기도 아버지의 비밀 서고처럼 뭔가 비밀스러운 장치가 되어 있는 것이 분명하다. 후우, 아직 멀었군. 난 아직 햇병아리에 지나지 않는 구나.'

특별한 감각을 얻었다고 기고만장했던 내 모습을 생각하니 얼굴이 붉어진다.

'그나저나 굉장하군.'

정말 익숙하지 않은 공간이다. 대지의 기운이 농밀하다 못해 움직임을 방해할 정도다.

'계획이 성공해 오기는 했지만 이런 공간을 소유하고 있었다니… 매영이 가진 저력이 어디까지인지 모르겠구나.'

회귀 전에는 와보지 못한 곳이다.

아버지를 만나면서 모든 것이 달라졌으니까 말이다.

'그나저나 바라기는 했지만 이렇게 매영의 본거지로 들어오게 될 줄이야. 매영의 수장이 나를 원할 줄은 정말 몰랐다.'

매영의 실체를 알고 싶었던 것은 사실이지만, 본거지를 살펴보는 것은 기대하지도 않았다.

흑운을 저지해 최고 지도자를 지켰기 때문에 선택을 받았을 테지만 정말 천운이 아닐 수 없다.

'후후후, 재미있군.'

회귀 전에는 끝까지 실험체로만 사용이 되었다.

대동강에서 내가 떠오른 것은 똑같았다. 그렇지만 그 뒤는 전혀 달랐다.

나를 발견한 것은 매영의 사람들이었고, 내 몸 안에 깃든 수기를 알아차린 그들은 나를 실험체로 사용했다.

그것도 여기가 아니라 지옥이라 일컫는 수용소에서 말이다.

'그게 끝이 아니었지.'

매영이 주관하는 실험이 모두 끝난 후에는 러시아로 옮겨졌다. 거기서도 마찬가지였다. 폐기 처분이라는 판정이 내려져 회귀하기 전까지 능력자 양성을 위한 프로젝트의 실험체로 쓰였으니까 말이다.

'이제 첫 번째 분기점을 맞이하는 것인가?'

매영의 비기를 얻으면 내가 계획하고 있는 일의 분기점이 될 것이다. 러시아에서도 그토록 얻고자 했던 것이니 나에게 큰 힘이 되어 줄 것이다.

'매영의 수장이 나를 원하는 순간 내가 계획한 대로 흘러가기 시작했지만, 아직은 조심해야 한다. 흑운을 없애기 위해 자신들이 이룩한 모든 것을 한순간에 버릴 정도로 무서운 자들이니 말이다.'

흑운이 후계자 편에 선 순간부터 매영은 자신들의 전력을 숨기기 시작했다.

후계자가 권력을 장악하기 시작하자 서서히 모습을 감추더니 최고 지도자가 죽자 증발하듯 사라져 버렸다.

그리고 삼 년이 지나지 않아 흑운은 이 세상에서 사라졌다. 물론 후계자도 마찬가지였다.

대한민국이 사라진 것처럼 하루도 안 되는 시간에 북한에서 완전히 사라져 버린 것이다.

흑운을 대체한 것은 사라진 매영들이었다.

최고 지도자라는 놈과 후계자도 없는 한반도를 온전히 자신들의 품에 안은 매영은 행보를 멈추지 않았다.

얼마 지나지 않아 중국과 전쟁을 시작했고, 불과 한 달이 되지 않아 북경을 비롯해 동북아 일대를 자신들의 강역으로 만들었다.

혼자만의 힘으로는 불가능하겠지만, 러시아가 그 전쟁에 동조를 했기 때문에 가능한 일이었다.

매영이 전쟁을 시작하는 것과 동시에, 러시아는 중국 북부를 완전히 초토화시킨 후 빠르게 집어삼켰다.

불과 한 달이 조금 지난 시점에 중국의 반을 러시아를 지배하는 블리자드와 한반도를 점령한 매영이 점령해 버렸다.

'더군다나 그 전쟁에서 무림의 반이 박살이 나버렸지.'

영토 전쟁뿐만 아니라 이면 세계의 전쟁도 중국은 철저히 패배했다. 중국의 이면 세계를 지배하고 있던 무림의 절반에 가까운 전력이 매영과 블리자드와의 싸움에서 사라져 버렸다.

그만큼 매영은 신비롭고 무서운 조직이었다.

[너희들은 지금 각자 다른 공간에 들어와 있다.]

매영에 대해 생각하고 있을 때, 뇌리를 타고 생각이 흘러들었다. 매영의 수장인 유언상의 목소리였다.

[이번 기수의 후보자도 언제나 그렇듯 100명이다. 얼마나 매영이 될지는 모르겠지만 최선을 다하기 바란다. 우리는 사지를 기어 올라온 놈만 키우니 말이다.]

뇌리를 울리는 목소리의 말대로라면 매영의 수련이 어떤 것인지는 모르겠지만 꽤나 혹독할 것 같다.

'상관없겠지. 그보다 더한 것도 겪었던 나니까.'

능력자의 능력 향상을 위한 실험체는 그저 의학적 실험만 당하는 존재가 아니다. 능력자의 능력을 습득시키고, 어떤 식으로 발현이 되는지도 실험을 한다.

능력을 습득시키는 과정은 인간으로서는 절대로 버텨내지 못한다. 수련의 과정을 초고속으로 끝내야 했기에 각종 마법과 결계가 동원이 되기 때문이다.

더군다나 실험 대상이 되는 능력자의 기억을 이식하는 것까지 동원이 되어 진행된다. 모든 것이 인위적인 강제 실험이었기에 실험체는 엄청난 고통을 겪어야 한다.

도저히 말로는 설명하지 못하는 고통이다. 신체가 완전히 뒤바뀌고, 기억마저 완전히 다른 사람으로 변형되는 인간 개조이니 말이다.

나와 비슷하게 만들어진 실험체들 대부분이 이 과정에서 소멸을 당했다. 고통을 견디지 못해 의식을 잃는 순간 핏물로 변해 버렸으니까.

1997. 10. 1. (수) 15:00.
만수연구소 지하 실험실.

털이 숭숭 나 있는 가죽이 벗겨져 있고, 그 안쪽으로 약간의
피가 묻어 있는 두개골이 보였다.

두개골을 이루는 뼈들은 방금 전 잘려 나갔고, 조심스러운 손
길 하나가 핀셋으로 두개골을 집어 든다.

얇은 막으로 둘러싸여 있는 뇌가 나타났다.

희미한 맥동이 보이는 것을 보면 뇌의 주인은 아직까지 살아
있는 것이 분명했다.

스윽!

날카로운 메스가 막을 갈랐다. 뒤를 이어 나타난 집게들이 막
을 벌렸다.

"차훈이는 어떻게 됐나요?"

오늘도 실험에 열중인 박명호를 향해 유미영이 물었다.

"쓸데없는 생각하지 말고 집중해 줬으면 좋겠소."

"예에⋯⋯."

다소 신경질적인 박명호의 반응에 유미영이 움츠러들었다.

'벌써 일 년이 지났는데 걱정이 되지도 않는 건가?'

차훈이 매영과 함께 떠난 지가 벌써 일 년이 다 되어가고 있었다. 아들로 삼았으면서 차훈에 대해 한마디도 하지 않는 박명호가 야속했지만, 실험에 집중해야만 했다.

비록 모른 척하고 있지만, 잠시 떨리는 손길에서 박명호가 누구보다 차훈을 걱정하고 있다는 것을 알게 된 까닭이었다.

주르르륵!

푸른 액체가 뇌 위로 흘러내렸다. 아무것도 느끼지 못하는 듯 뇌의 주인은 미동도 하지 않았다.

차례대로 두개골이 거두어지고 온전한 뇌의 모습이 보였다. 인간의 것이라고 치기에는 다소 작은 뇌였다.

뇌의 주인은 원숭이였다.

오랫동안 외지에 있다가 얼마 전 도착한 원숭이는 두개골이 거두어졌음에도 고통을 느끼지 못하는 것처럼 눈만 깜빡거렸다.

스윽!

조심스럽게 뇌가 들려지고, 뒤이어 감각기관과 연결된 신경과 혈관들이 잘려 나갔다.

원숭이의 눈이 서서히 빛을 잃어갈 무렵, 마지막으로 척추와 연결된 척수가 빠르게 뽑혀졌다.

척수가 붙어 있는 원숭이의 뇌는 곧장 푸른 액체가 가득 들어 있는 커다란 비커 안으로 옮겨졌다.

"이제 끝났군."

오 년간 스파이로 활동하다 귀국한 원숭이의 뇌를 적출하는 일은 그다지 오래 걸리지 않았다.

수술을 시작한 지 세 시간 만에 모든 것이 끝났다.

"분석팀에 보내도록 하고, 피곤할 텐데 유 간호사도 좀 쉬도록 하시오."

"알았어요. 박사님도 쉬도록 하세요."

다소 피곤해 보이는 박명호에게 말을 건넨 유미영은 휴대용 간이 냉장고에 적출된 원숭이의 뇌를 담은 비커를 넣은 후 곧바로 실험실을 나섰다.

밖으로 나가는 유미영의 뒷모습을 바라보던 박명호의 눈가에 그리움이 스쳤다.

'언제 돌아오는 것이냐?'

매영이 되는 일은 험난하고 어려운 일이다.

100명의 수련생 중에서 살아남는 자가 한둘 정도밖에 안 되는 위험한 일이기도 하다.

매영의 수장이 요청한 것이었기에 거절을 할 수 없었다.

걱정으로 지새운 나날들이 벌써 일 년이 다 되어간다. 차훈의 신체적 능력을 믿고 보내기는 했지만, 걱정을 지울 수가 없었다.

'이만 올라가자.'

쓸데없는 상념임을 자각한 박명호는 수술복을 벗은 후 지상으로 올라갔다.

자신의 방으로 돌아와 뜨거운 물로 샤워를 끝낸 박명호는 언제나처럼 차훈이 잠시 머물던 방을 찾아갔다.

일과가 끝난 후에 매일 들르는 터라 복도 곳곳에 있는 감시 병력들도 박명호를 검문하지 않았다.

'뭐지?'

문을 열고 안으로 들어서자 평상시와는 다르다는 것을 알 수 있었다. 어제 느꼈던 싸늘함과는 달리 오늘은 방 안에서 온기가 느껴졌다.

'도, 돌아온 건가?'

방의 주인은 정해져 있다.

다른 사람은 이곳에 들어올 이유가 없기에 박명호는 소파에 앉아 온기의 주인공을 기다렸다.

쏴아아!

따뜻한 물이 얼마 만인지 모르겠다.

뜨거운 물방울이 전신을 때릴 때마다 지난 시간의 고통이 씻기는 것 같다.

'아버지로군.'

기척이 느껴져 기감을 확장하니 익숙한 기운이 느껴진다. 내가 아버지로 삼은 분의 기운이다.

'얼른 씻어야겠구나.'

구정물은 나오지 않으니 이만하면 샤워를 끝내도 됐다. 수도 꼭지를 잠그고 수건을 꺼내 몸을 닦았다.

'흉터가 꽤 많군.'

욕실에 비치된 전신 거울에 비친 내 모습은 가관도 아니다.

전신에 도배된 빼곡한 흉터들이 지난 시간의 고난을 말해주는 것 같다.

'그래도 얼굴에는 상처를 입지 않았으니 다행이다. 잘생긴 얼굴에 상처라도 났으면 어쩔 뻔했어. 후후.'

얼굴을 팔아먹고 살 것은 아니지만 흉터가 있는 것보다는 나았다.

욕실을 나와 꺼내놓은 옷을 입었다.

'후후, 일반적인 옷으로 그런 수련을 버텨낼 수는 없지.'

수련을 시작할 때 입고 들어갔던 옷은 며칠 지나자 않아 걸레로 변했다. 그곳에서 지급 받은 옷들도 마찬가지였다.

험악한 수련으로 인해 채 일주일을 버티지 못하고 전부 걸레로 변해 버렸다.

'부드럽군.'

스치는 느낌이 무척이나 부드럽다.

휴지통에 쑤셔 넣은 걸레 같은 옷에 비해서는 황송할 정도로 고급인 옷이다.

천천히 옷을 입고 욕실을 나섰다.

소파에 앉아 있는 아버지의 모습이 보인다. 눈시울이 붉어진 것이 무척이나 기쁘신 모양이다.

"다녀왔습니다."

"고생했다. 저녁이나 같이 먹도록 하자. 시간이 되면 내 방으로 오너라."

"예, 아버지."

대답을 듣자마자 황급히 일어서서 방을 나서신다.

눈물이 떨어지려고 했던 것을 보면, 나에게 우는 모습을 보이고 싶지 않으신 모양이다.

'아마 또 우시게 될 겁니다. 아버지.'

그동안 매영의 비기만 배우고 있었던 것은 아니다.

아버지가 매영의 수련보다 고대의 책들을 더 중요하게 생각하시는 것 같아서 외워놓았던 책들의 내용도 해석을 다 끝내 버렸다.

'후후, 아버지가 원하는 수준을 훨씬 능가할 정도로 해석을 끝냈으니 무척 기뻐하시겠지. 다른 수련생도 곧 온다고 했으니 나가보자.'

암동에서의 수련은 끝이 났지만 아직까지 나는 완성된 매영이라고 할 수는 없는 상황이다.

고작해야 매영에 대대로 전해지는 고대의 비기만 겨우 익혔기 때문이다. 그것도 알맹이가 빠진 비기를 말이다.

아무래도 매영은 나에 대한 의심을 지우지 않은 모양이다.

내가 배운 비기들이 진정한 위력을 발휘할 수 있도록 하는 심법을 전혀 배우지 못했으니 말이다.

그렇지만 상관은 없다.

아직까지 한 번도 운용해 본 적은 없지만 스승님의 심법이라면 충분히 가능할 것이니 말이다.

'그것도 놈들의 시선이 없을 때 가능하겠지만.'

매영이 감시를 하고 있으니 스승님이 알려주신 심법은 지금 운용할 수가 없다.

지금부터 내가 할 수 있는 일은 몸속의 기운을 버텨낼 수 있을 정도의 육체를 만드는 것뿐이다.

한계까지 수련의 강도를 높이고, 익힌 비기들을 완숙의 경지까지 끌어올리는데 많은 시간이 필요하다. 그때까지는 심법을 운용하지 않아도 상관이 없는 것이다.

'놈들의 시선을 피해 시간을 내는 것이 관건이겠군.'

암동의 수련을 끝낸 후 매영이 내게 준 과제는 현대식 무기에 대한 사용법들을 익히는 것이다.

개인화기와 중화기 등 각종 전투 무기들에 대한 교육이 기다리고 있다.

무기에 대한 훈련은 나 혼자 받는 것이 아니다. 다른 이들과 함께 하는 교육이다.

나를 비롯해 이번에 매영으로 선발된 인원은 열다섯 명이다.

한 대에 배출되는 인원이 많아봤자 다섯 명임을 감안할 때, 이번에는 꽤 많은 수련생이 선발되었다고 한다.

동료와의 호흡을 맞추는 것도 포함되어 있어서 열다섯 명 전원이 같이 교육을 받는다.

일대일 수련과는 달리 집단으로 훈련을 받아야 한다는 것이 조금은 껄끄럽다.

'앞으로 적이 될 것이 확실하니 다른 매영과 정을 붙이지 않도록 하는 것이 좋겠다.'

생각을 정리하고 곧바로 방을 나섰다.

옷깃에 달린 매영의 휘장 때문인지 복도에서 경계 중인 병력들 중 나를 제지하는 사람은 없었다.

아버지의 방에는 아직 음식이 차려지지 않았다. 식탁 위에는 음식 대신에 찻잔 두 개만 놓여 있었다.

"앉도록 해라. 식사는 금방 올 테니."

"예, 아버지."

"우선 목을 축이도록 해라. 커피라는 것이다."

자리에 앉자 아버지가 차를 권했다.

'스승님께 말로만 들었지. 커피는 처음이군.'

검은색의 맑은 물이 찻잔 안에 담겨 있었다.

제법 좋은 냄새가 났다.

후르륵!

찻잔을 들어 한 모금 삼켰다.

쓰고 신맛이 났지만, 설탕을 넣은 탓인지 달달한 것이 아주 좋았다.

"고생을 많이 한 것 같구나."

"힘들기는 했지만 고생이랄 것도 없었습니다. 누구나 하는 수련인데요. 뭘."

"으음."

아버지가 신음을 삼키신다. 쉽게 말하는 내 모습이 영 이상했나보다.

공화국을 수호하는 능력자들이 바로 매영이다.

능력자가 되고자 하는 수련이 결코 쉬울 리 없다는 것을 잘 아시기에 저러시는 것일 것이다.

"정말 괜찮았던 것이냐?"

미덥지 않으신지 다시 한 번 물으신다.

"그렇습니다. 내기를 운용하는 법을 배우지는 못했지만, 지난 시간 동안 매영에서 가르쳐 준 것들은 전부 몸에 익힐 수 있었습니다."

"다행이구나. 어디 몸이 이상하거나 그런 곳은 없고?"

"별달리 이상한 곳은 없습니다."

수련을 하는 동안 몇 번이나 죽을 뻔했지만 말씀을 드릴 수 없는 상황이다. 이미 지나간 일인데 걱정하실 것이 분명하니 말이다.

"이상이 발생하면 언제든지 말을 하도록 해라."

"건강하니 걱정하지 마세요."

"다행이구나. 그나저나 이번에 선발된 수련생들이 꽤 된다고 들었다."

"열 손가락이 넘어간 것은 근 오십 년 만이라고 하더군요."

"그렇다고 하더구나. 꽤 많은 숫자지. 매영의 수장이 나름 인재들을 골라왔던 모양이다."

오 년마다 다음 대 제자를 받는 매영이다.

수련에 들어가는 제자의 수는 정확히 백 명이지만 끝마치는 자는 다섯 명이 채 되지를 않는다.

50년 이내에 가장 많았던 수가 일곱 명이다. 이번에 수련을 끝낸 수련생은 열다섯 명으로 그보다 두 배가 넘으니 상당히 많은 숫자였다.

"지금 받게 되는 훈련을 마치게 되면 수계를 받게 될 것이다. 수계를 받게 되면 수련생들은 피로써 얽혀지는 형제가 된다. 배신조차 할 수 없을 만큼 강한 힘으로 묶여지지. 그러니 마음을 정갈히 하도록 해라."

"알겠습니다."

이건 정말 뜻밖의 정보다.

'아무것도 몰랐으면 큰일 날 뻔했군.'

심각한 표정을 하고 계신 것을 보면 수계라는 것에 뭔가 금제가 있는 것이 분명하다. 보나마나 매영을 제어하는 금제일 것이다.

"네가 가지고 있는 것 전부를 너의 것으로 만들어라. 그것만이 네가 할 수 있는 최선일 것이다. 그래야만 네가 원하는 것을 얻을 수 있고 말이다."

아버지께서 대처할 방법을 일러주셨다. 내가 가진 것을 전부 내 것으로 만들라고 하셨다.

아버지가 아시는 것 중에서 내 것으로 만들지 않은 것은 하나뿐이다. 거기에 대처하는 방법이 있을 것이다.

'고맙습니다. 아버지.'

아버지가 그리 말씀하시는 것을 보면 미리 대비하라는 것이 틀림없다. 여러모로 나를 위하시는 모습을 보니 기분이 좋다.

아버지가 말씀하신 방법이 아니더라도 금제에 걸리지는 않겠지만 미리 알지 못했다면 놈들의 눈에 뜨일 수도 있었을 테니 말이다.

"노력하겠습니다."

똑! 똑!

아버지의 말씀에 대답을 끝나자마자 문을 두드리는 소리가 들렸다. 음식이 온 모양이다.

"들어와도 괜찮소."

아버지가 밖을 향해 말하자 두 명이 들어왔다.

음식을 가져온 두 사람은 차례대로 식탁 위에 올려놓았다.

방금 전의 걱정은 모두 잊었다. 산적과 나물 무침, 그리고 된장국이 전부인 식탁이지만 입에 침이 고였다.

수련 기간 동안에는 육포와 미숫가루 같은 것으로만 끼니를 때웠다.

그에 비하면 지금 내 눈앞에 잇는 음식들은 진수성찬이나 다름없는 식탁이었다.

"먹자."

"먼저 드십시오."

아버지가 수저를 드시는 것을 보고 나도 음식을 먹기 시작했다.

태어나 한 번도 먹어본 적이 없는 것들이지만 어떤 맛인지 누누이 들어 잘 알고 있다.

먼저 된장국을 한 수저 떠서 먹어보았다.

'후후후, 좋군.'

입 안에 감도는 구수한 된장의 맛을 음미하며 천천히 음식을 먹었다.

상당히 느린 속도였는데, 아버지도 내가 왜 이렇게 천천히 먹는 것인지 짐작을 하신 듯, 먹는 속도를 나에게 맞추어 주셨다.

조용한 식사가 이어졌고, 나는 처음 먹어보는 음식들을 음미하며 즐겼다.

탁!

어느새 식사를 마치신 아버지가 수저를 놓으셨다.

천천히 먹는다고 먹었는데 밥그릇은 어느새 다 비워졌고, 반찬들도 하나도 남지 않을 만큼 식탁이 깨끗하게 비워져 있었다.

"잘 먹었습니다. 아버지."

"잘 먹었다니 다행이다. 오랜만에 제대로 된 음식을 접했을 테니 탈이 나지 않도록 조심해라."

"예, 아버지."

아버지는 옆에 있던 주전자를 들어 나에게 차를 따라주셨다. 식사 전에 맛보았던 커피다.

후르륵!

식기는 했지만 먹을 만했다.

"그동안 성취는 좀 있었느냐?"

커피를 잔에 따른 후 한 모금 마신 아버지께서 입을 여셨다.

"배울 만한 것은 다 배웠습니다. 내일부터는 무기에 대한 교육을 받는다고 하더군요. 재미있을 것 같습니다."

"위험한 것들이니 조심해서 배우도록 해라."

"걱정하지 마십시오."

"그래, 알았다. 피곤할 테니 이만 돌아가서 쉬도록 해라. 내일 아침 일찍 실험실로 오도록 하고."

"실험실로요?"

"그래, 검사를 할 것이 있다."

"알겠습니다."

아버지의 말에 곧장 밖으로 나와 내 방으로 향했다.

유언상은 그동안 차훈을 지켜보았던 매영의 보고를 받고 있었다. 그동안 정기적으로 해왔던 보고 중 마지막 것이었다.

"두 사람 다 별다른 대화가 없었다는 건가?"

"그렇습니다. 식사를 한 것 이외에는 특이 사항이 없습니다."

"하긴, 양자라서 나눌 만한 이야깃거리도 없었을 테지. 다른 것은?"

대화가 없다고 해도 뭔가 있었을 것이기에 유언상이 물었다.

"박명호 박사가 그동안 미루어 두었던 검사를 실시할 모양입니다."

"최고 지도자 때문인가?"

"그런 것 같습니다. 양아들이 돌아온 것을 알자마자 연락을 취해 실험 준비를 시켰습니다."

"곧바로 말인가?"

의외였기에 유언상이 물었다.

"그렇습니다. 어찌 보면 대단한 사람입니다. 최고 지도자밖에는 모르니 말입니다."

"그렇겠지. 최고 지도자를 위한 연구라면 어떤 희생도 마다하지 않는 사람이기도 하고. 수고했네. 이만 감시를 풀게."

"예."

유언상의 지시에 숨어 있던 자가 밖으로 나갔다.

"혹시나 싶어 심법을 전수하지 않았는데, 내가 잘못 생각한 것인가?"

매영이 되기 위한 수련을 시키면서 차훈에게는 아무런 심법도 전수하지 않았다. 확증은 없지만 의심이 가는 부분이 있어서였다.

수용소 출신임을 확인했고, 실험을 위해 옮겨졌다는 것까지는 확인이 됐다.

그러나 차훈은 원래 예정된 실험체가 아니었다.

수용소에서 갑자기 선발이 됐고, 박명호에 의해 차출이 된 경우였다.

마지막 단계라 불필요한 존재에 불과한데 실험에 동원된 것이 마음에 걸려, 심법의 전수를 뒤로 미루어 두었던 것이다.

"내력이 될 만한 원기는 충분히 가지고 있으니 무기를 다루는 훈련 과정 동안에 심법도 전수를 해야겠군."

수련이 진행되는 일 년 동안 차훈을 살펴봤다.

차훈뿐만 아니라 최고 지도자의 주치의인 박명호도 감시 대상이었다. 마지막 점검에도 이상을 보이지 않는 이상, 심법을 전수할 때였다.

그동안 받은 보고에 따르면 차훈은 내력만 사용할 수 없을 뿐이지 매영의 비기를 전부 익힌 것으로 파악이 됐다.

기초에 지나지 않는 것이기는 하지만, 진짜를 수련하기 위한 바탕은 쌓았다고 할 수 있었다.

'그 아이가 어느 정도의 단계까지 익힐 수 있을지는 모르겠지만, 내가 기대한 이상의 성과는 낼 것이다.'

매영에 전해져 내려오는 비전 심법의 종류는 모두 열두 갈래다.

그중 첫 번째이자 가장 위력이 강한 심법을 자신을 포함한 매영들이 익히고 있었다.

나머지는 사장된 것이나 마찬가지였다. 두 가지 이상의 심법을 익히기 위해서는 갑자 정도의 내기와 2차 성징 전의 동정인 소년이라는 절대적인 조건이 필요하기 때문이다.

때문에 매영으로서는 나머지 것들을 절대 익힐 수가 없어 그저 보관만 해 놓았을 뿐이었다.

매영이 보관하고 있는 것은 심법뿐만이 아니다. 심법을 구체화하는 술기 또한 열두 개다.

차훈이 지난 일 년 동안 익혔던 것들이 바로 이 술기들이다.

자체적으로도 힘을 발휘할 수 있는 것이 술기들이지만, 진정한 위력을 보이려면 그에 맞는 심법이 필요하다.

심법 없는 술기는 그저 의미 없는 몸짓에 지나지 않으니 말이다.

진짜 수련은 심법을 익힘으로 알 수 있는 내력의 경로와 지금까지 익혔던 술기들을 연동하는 것에서부터 시작한다.

심법을 성취하는 단계별로 술기들은 전혀 다른 공능을 발휘하게 된다.

그 공능이 어떤 것인지는 지금은 아무도 모른다.

수련을 완성한 마지막 이가 수천 년 전의 존재이니 지금으로서는 미지의 영역인 것이다.

"심법을 익히는 것도 그렇고, 그것을 술기와 연동하는 것도 우리가 가르쳐 줄 수 있는 것은 없지만, 분명히 해내리라 믿는다. 박차훈!"

술기의 형을 일 년 만에 완벽하게 재현한 이가 박차훈이다.

열두 명의 매영들이 지난 20여 년 간 피땀을 흘려가며 복원한 술기들을 단 일 년 만에 자신의 것으로 만들어 버린 차훈의 가공할 재능이 유언상의 가슴을 뛰게 만들었다.

제8장

8

방에서 하룻밤을 보낸 후, 곧장 밖으로 나와 엘리베이터를 탔다. 공동을 가로질러 실험실로 향하는 동안 경계하는 병력들이 요소요소에 보였다.

엘리베이터를 탈 때까지 아무도 막는 자가 없었다.

엘리베이터를 타고 내려와 아버지의 실험실로 들어서자 간호사 아주머니가 보였다.

"오랜만입니다."

"오랜만이네. 그동안 잘 지냈어?"

"별다른 일은 없었습니다."

"그랬구나."

"아버지는 안에 계시죠?"

"그래, 들어가 봐라."

뭔가 말하고 싶은 기색이 역력했지만 지금은 그럴 때가 아니기에 곧장 아버지에게로 향했다.

아버지는 전에 내게 알려주었던 비밀 공간에 있었다.

"그동안 고생했다."

"고생은요, 뭘. 재미있는 것을 많이 배웠습니다. 그리고 아버지가 말씀하셨던 저것들도 전부 외우고 해석까지 마쳤습니다."

"뭐, 뭐라고 했느냐?"

역시나 놀라 물으신다.

"해석까지 전부 마쳤다고 말씀을 드렸습니다."

다시 한 번 말씀을 드리니 믿으시는 것 같다.

"진짜로구나."

"아버지에게 거짓을 말씀 드릴 이유가 없습니다."

"으음."

사실임을 확인한 아버지가 신음과 함께 말문을 닫으셨다. 뭔가 생각하실 것이 있는 것 같기에 기다렸다.

얼마 지나지 않아 입을 여셨다.

"아무래도 천곤패를 너에게 주어야 할 것 같구나."

"천곤패를 저에게 주신다고요?"

"그래, 너도 알겠지만 천곤패에는 비밀이 담겨 있다. 그리고 비밀을 풀려면 저것들을 전부 해석해야 하지."

천곤패에 담긴 비밀을 알아내려면 책장에 있는 고대의 책들을 모두 해석해야 한다는 것은 맞는 말씀이다.

하지만 그 비밀보다 천곤패 자체가 중요하다는 것을 아버지는 모르시는 것 같다.

"아버지, 천곤패는……."

"그만! 네가 해석한 것이 무엇인지는 모르지만 더 이상 나에게는 말하지 말도록 해라. 그래봐야 좋을 것이 하나도 없으니 말이다. 네가 알게 된 것들은 앞으로도 너 혼자만 알고 있도록 해라. 나를 포함해 그 누구에게도 알려줘서는 안 된다. 알았느냐?"

천곤패에 대해 말씀을 드리려고 했는데 입을 막으신다.

"알겠습니다. 저 혼자만 알고 있도록 하겠습니다."

"그래, 천곤패를 줄 테니 다시 한 번 저것들을 읽고 나오도록 해라. 네가 나오면 이 공간은 영원히 폐쇄될 테니 완전히 머릿속에 담아야 한다."

"그렇게 하겠습니다."

아버지는 말씀을 끝낸 후 곧바로 비밀의 방을 나섰다.

"천곤패의 비밀을 벗기면 어차피 저것들도 사라진다는 것을 아버지도 알지 못하시는 것 같구나."

외운 것들을 해석한 후 아주 놀라운 사실을 알아냈다. 책들과 천곤패는 원래부터 이곳에 있었다는 것이다.

정말 흥미로운 사실이 아닐 수 없다.

수련을 하는 동안 설명을 들은 바로는 거의 4천 년이 넘는 시간 동안 매영의 본단이 위치해 있던 곳이 바로 여기다.

그 긴 시간 동안 아무도 발견하지 못한 것을 아버지가 발견한 것이다.

해석한 것들을 보면 인연이 있는 자만이 얻을 수 있을 것이라고 했는데 그 말이 맞는 것 같다.

아버지도 그것을 아시는 모양이다.

인연이 있는 자만이 이곳에 남겨진 모든 것을 얻을 수 있음을 말이다.

책도 아주 중요하지만, 천곤패가 이곳에 남겨진 것들 중 가장 핵심이다.

그리고 천곤패에 남겨진 것을 얻기 위해서는 이곳에 있는 책들을 완전히 해석해야 한다.

천곤패는 책들을 해석을 위한 안내문이기도 하지만, 일종의 퍼즐이다.

퍼즐이 맞춰지면 책을 통해 남겨진 유산들을 사용할 수 있는 특별한 힘을 얻게 되니 말이다.

"시작해 볼까?"

천곤패의 네 귀퉁이를 잡고 순서에 따라 힘을 가했다.

우르르르르!

여든한 개의 패들이 책상위에 떨어졌다.

"역시, 주인이 없었나 보군."

패가 풀어진다는 것은 아직 주인이 없다는 뜻이다. 그렇지 않다면 절대 풀어지지 않았을 것이다.

풀기 전의 패는 이전의 주인이 자신이 해석한 것을 바탕으로 패를 맞춰 놓은 것이다.

새로운 주인이 되기 위해선 나만의 해석을 바탕으로 패를 맞춰야 한다.

떨어진 패들을 집어 들고 중심이 되는 가운데에 하늘을 상징하는 패를 놓았다. 점만 달랑 하나 찍힌 패다.

천패라 불리는 그것을 중심으로 주위에 순서에 맞춰 다른 패들을 연결했다.

내가 해석한 것을 상기하며 하나하나 맞춰나가자 어느새 천곤패가 다 맞춰졌다.

"이제 마지막인가?"

마지막으로 할 것이 있다. 맞춰진 천곤패의 주인이 되기 위한 의식이다.

"무엇을 얻게 될지는 모르지만 나만의 방식으로 만든 것이니 이전의 주인들과는 다를 것이다."

이곳에 들어오기 전에 실험실에서 가지고 온 메스를 이용해 엄지에 상처를 냈다.

폭포 아래서 기연을 만난 후 주사 바늘이 들어갈 수 없을 정도로 단단한 몸이 됐다.

몇 번 실험을 해봤지만 도검으로는 상처를 낼 수 없는 몸이다. 내 의지가 허락했기에 가능한 일이다.

"후후후, 변함이 없군."

붉은색의 선혈이 흘러야 정상이지만, 상처에서 흘러나온 것은 녹색의 피다.

피가 녹색인 것은 모두 녹령 때문이다.

내 심장을 자신과 같은 색으로 물들이고, 피마저 인간과는 다르게 변이시켜 버린 그 녹령 말이다.

천패의 중앙에 피가 난 엄지를 가져다 댔다.

피가 천패 안으로 빨려 들어가는 것이 느껴진다. 상당히 많은 양이다.

빨려 들어가던 피가 멈춘 것을 느낀 후 엄지를 뗐다.

우우우웅!

피를 흡수한 천곤패가 진동하며 떨린다. 동시에 사방의 벽면에서 붉은색의 기운이 번진다.

차르르르르르!

벽장에 있는 책들이 허공으로 날아오른다.

날아오른 것은 책들만이 아니다. 책상 위에 있던 천곤패도 허공으로 떠올라 내 머리 위로 날아온다.

나비처럼 나풀거리며 날아오른 책들은 분주히 움직여 위치를 잡는다. 자신의 자리가 있는 것인지 특정 지점에 이르면 멈춰 버린다.

어느새 책들이 자리를 다 잡았다.

그러고는 푸른색의 빛을 내뿜는다. 푸른빛의 광채는 점점 더 강해졌고, 벽면 위에 떠오른 붉은 광채도 마찬가지였다.

내 피의 색깔 때문인지 천곤패가 녹색으로 물들며 또 다른 빛을 발하기 시작했다.

진하기 이를 데 없는 녹색의 광채가 천곤패를 물들이는 순간, 변화가 시작되었다.

'시작이구나.'

푸르고 붉은 기운이 강해지자 뭔가가 뇌리로 밀려든다. 천곤패의 주인을 정하기 위한 의식이 시작된 것이다.

천곤패에는 한 가지 유산만 남겨져 있는 것이 아니다.

주인이 되기 위해 책들을 해석한 자가 자신의 해석대로 문양을 맞추는 것에 따라 유산이 전해진다.

맞춰진 패의 문양에 따라 다양한 유산이 주인에게 전해지는 것이다.

내가 한 해석이 맞는지 솔직히 의심이 가지만 어쩔 수가 없다. 내가 가진 인연에 따라 해석을 한 것이니 말이다.

'굉장하군.'

밀려오는 의지들은 예상한 대로 내가 해석한 것들을 설명하는 것이었다.

더할 나위 없을 정도로 상세한 설명이 마치 이심전심처럼 마음속에 틀어박혔다. 내 의식 속에 각인이 된 것이다.

각인의 순간은 그리 길지 않았다. 겨우 10여 분 정도도 안 되는 시간에 모든 것이 전해졌다.

짧은 시간이지만, 전해진 것들의 양이 적은 것은 아니었다.

내가 외웠던 책들에 적혀 있는 것보다 족히 수천 배는 더 되는 지식들이 뇌리에 새겨졌다.

인과율을 움직이는 시스템에 접속했을 때 과부하로 인해 정보의 대부분을 인식하지 못했던 터라 소중하기 그지없는 정보다. 지금의 내 입장에서는 하나같이 중요하고 굉장한 것들이니 말이다.

정보들이 흘러 들어오는 것이 멈추자 광채들이 사라졌다.

벽면의 붉은 광채도 사라졌고, 책들에게서 나오던 푸른 광채도 사라졌다.

광채만이 아니었다. 책들도 이미 사라지고 없었다. 광채를 잃은 천곤패는 아직도 내 머리 위에 떠 있었다.

손을 들어 천곤패를 잡았다.

형체를 이루던 천곤패가 물처럼 변하며 손에 달라붙는다.

스르르르르……

그러고는 손을 통해 몸으로 흡수됐다.

'시원하구나.'

흡수된 천곤패는 빠른 속도로 혈맥을 따라 이동했다.

그저 이동하는 것만이 아니었다. 혈맥을 따라 이동하면서 조금씩 자신의 존재를 남겼다.

곳곳에 여든한 개의 분신을 남긴 것을 보면, 하나하나가 독립적인 패인 것 같다.

"끝났군."

천곤패의 주인이 되는 의식이 모두 끝났다. 변화의 시작부터 끝까지, 채 한 시간이 걸리지 않았다.

"이제부터 내가 가진 힘들이 봉인이 될 테지만 특별한 문제는 없을 것이다."

아주 특별한 힘을 얻었다. 내가 해석한 대로라면 세상의 모든 기운을 받아들여 부릴 수 있는 몸으로 변했다.

오행지기와 녹령, 현기라 불리는 미지의 기운들을 천곤패를 이용해 봉인한 이유는, 이것들이 극단적으로 강성하기 때문이다.

자칫 내가 지금 얻은 특별한 힘에 의해 균형이 틀어질 수 있어 내가 스스로의 의지로 봉인한 것이다.

무극지를 찾은 후 욕심을 부린 결과이고, 흑운이라는 여자의 공격을 몸으로 받아낸 결과이니 할 말은 없다.

지하 실험실에서 나와 싸우는 동안 흑운은 내 몸에 자신의 기운을 남겼다.

이곳에 처음 올 때만 해도 몰랐는데, 수련을 하면서 알 수 있었다. 내 목숨 줄을 움켜쥐기 위한 비수 같은 기운이 내 몸속에 숨어 있음을 말이다.

"녹령이 아니었다면 난 이미 싸늘한 시체로 변해 있었을 테지."

수련을 하다가 육체가 한계에 부딪쳤다고 느꼈을 때, 숨어 있던 기운이 날카로운 이빨을 드러냈다.

갑자기 폐부를 찌르는 것 같은 극단의 고통이 물밀듯이 덮쳐 왔을 땐 정말 죽는 줄 알았다.

고통스러운 이유조차 몰랐으니 말이다.

그렇게 가늘게 마지막 의지를 붙잡고 있을 때 심장에서부터 불같은 기운이 일어났다.

녹령으로 인해 변해 버린 심장의 기운은 순식간에 혈맥을 돌며 숨어 있던 흑운의 기운들을 감쌌다.

아주 독하고 무서운 여자다. 그 와중에도 치밀하게 독수를 쓰다니 말이다.

사실 녹령이 아니었다면 수련 중에 나도 모르는 사이에 당했을 것이다.

"어차피 얼마 지나지 않아 봉인을 풀 수 있을 테니 아쉬워하지 말자."

심장에서 일어난 기운이 흑운이라는 여자가 남긴 것을 잡아먹고 있는 중이다. 오행지기나 현기와는 달리 아주 느린 속도다.

그 여자가 남긴 기운이 본체와 떨어져 있음에도 저항을 하고 있어서다.

내가 그 여자를 독하다고 하는 이유도 그 때문이다.

"이제 나가자."

이제 이곳에 남은 것은 아무 것도 없다.

언젠가는 돌아와 천곤패의 전 주인이 한 것처럼 내가 얻은 것들을 남겨야 하지만, 지금은 나가야 할 때다.

손을 들어 문을 열었다. 문 위로 빛이 번졌다.

"역시나 이곳을 방어하는 체계는 이상 없이 돌아가는군."

무극지에 흐르는 기운을 이용해 만든 결계다.

내가 많이 흡수했다고는 하지만, 다시 차올라 결계를 유지하는 동력이 되고 있는 것이 틀림없다.

손을 들어 결계를 강화했다. 내가 다시 돌아오기까지 아무도 들어올 수 없도록 말이다.

"이 정도면 완전히 감춰질 것이다."

결계에 손을 대고 밖으로 나오자 조용히 기다리고 계신 아버지를 볼 수 있었다.

"고생했다."

"아닙니다."

"한 번만 수고를 더 해야 할 것 같다."

"내 몸이 어떤지 살펴봐야 하는군요?"

"그래, 네가 이곳에 있을 수 있는 첫 번째 이유니까."

아버지가 하시는 말뜻을 알아들었다. 전처럼 바늘이 부러지면 곤란한 상황이 벌어지니 말이다.

'놀라시지나 않으면 좋겠군.'

채혈을 한 뒤 놀라실 아버지의 얼굴이 선하다. 내 피는 녹색이다. 인간이 절대 가질 수 없는 색이다.

"알겠습니다."

아버지가 권하는 대로 침대에 누웠다. 각종 계측 장비가 몸에 부착이 됐다.

아버지가 주사기를 들었다. 그냥 있으면 부러질 것이기에 바늘이 닿은 자리에 의지를 부여했다.

"채혈은 이번 한 번만 할 것이다. 앞으로는 채혈한 피로 연구가 진행이 되니 너무 걱정하지 마라."

"예, 아버지."

푹!

피가 뽑힌다. 바늘이 박히고 유리로 된 주사기 안으로 녹색의 피가 차오른다.

'이미 알고 계셨나?'

선명하다 못해 광채를 발하는 녹색의 피를 보면서도 표정에 변화가 없으시다.

"이제 됐다."

주사기를 들며 끝났음을 알리는 목소리에 팔뚝을 바라봤다. 피부를 뚫고 들어갔던 주사 바늘은 어느새 사라지고 없다.

"앞으로 피를 뽑는 일은 없을 테니 누구에게도 알려지지 말도록 해야 한다."

"그것으로 충분한 겁니까?"

"걱정하지 않아도 된다."

"알겠습니다."

"그나저나 무기 사용 훈련은 언제부터 시작하는 거냐?"

"내일부터 하게 될 겁니다."

"많이 배워둬라. 특히나 이곳을 지키고 있는 군인들에게서 배울 수 있는 것들은 뭐든지 배우는 것이 좋을 거다."

"그렇게 하겠습니다."

"그리고 훈련이 끝나고 나면 공부를 하도록 해라. 네 방에 공부해야 할 책들을 가져다 놓을 테니 말이다."

"알겠습니다."

"어느 정도 공부가 끝나면 이곳에서 실습을 하게 될 거다."

"실습이요?"

"그래, 너는 내 뒤를 이어 최고 지도자의 주치의가 되어야 하니 말이다."

"무슨 말씀이신지 알겠습니다."

"모르는 것이 있으면 나와 유 간호사에게 물어봐라. 특히 유 간호사에게 많이 물어보도록 해라. 양의학에 있어서는 나보다 더 뛰어난 실력을 가지고 있으니 말이다. 신청한 것이 받아들여지면 아마도 유 간호사가 전담으로 널 가르칠 수도 있을 거다."

"예, 아버지."

망하기 전의 대한민국이 무척이나 궁금했는데 정말 잘된 일이다.

도청이 되는 것을 주의해야 하겠지만 미영 아줌마한테 궁금했던 것을 물어볼 수 있을 테니 말이다.

'안쪽의 비밀 공간을 폐쇄하니 좀 우려가 되는군. 그곳은 앞으로 드나들 수 없을 테니 이곳을 손 좀 봐야겠구나.'

아버지나 미영 아줌마와 마주하게 될 공간 안에 다른 자들의 손길이 존재한다는 것이 찜찜했다. 아버지에게 허락을 받아야 할 것 같다.

"그나저나 이곳은 괜찮은 겁니까?"

"지금까지는 괜찮았다만 앞으로는 모르겠구나."

내 의도를 아는 듯 아버지가 고개를 흔든다.

"제가 손을 조금 봐도 되겠습니까?"

"할 수 있겠느냐?"

"몇 가지 얻은 것이 있으니 그리 어렵지는 않을 것 같습니다."

놀란 눈으로 바라보는 아버지에게 확실하게 대답했다.

"그럼 해보아라."

"예."

주변에 결계를 쳤다.

아주 간단한 결계지만 비밀 공간을 폐쇄했던 결계를 발전시킨 것이기에 매영도 알아차리지 못할 터였다.

"끝났습니다. 누구도 이 안을 엿보지 못할 겁니다."

"그렇구나. 도움이 될 것 같다."

"도움이 되셨다니 다행입니다."

"그래. 이제 그만 올라가 봐라."

"알겠습니다."

내일부터 훈련이 있어 아버지 말대로 하는 것이 좋았다.

실험실을 나와 지상으로 올라간 후, 내가 배정 받은 방으로 갔다.

'내일부터 재미있는 시간들이 되겠군.'

인연이 닿아 굉장한 것을 얻었다.

그동안 상당히 많은 준비를 했다. 이제부터는 그것들을 내 것으로 만드는 시간이다.

머지않아 복수의 시간이 다가올 것이다.

무기에 대한 교육은 별도의 훈련장에서 이루어졌다. 교관들은 8군단 중에서도 특급의 전사들이 맡았다.

교관 열다섯 명이 일대일로 우리들을 맡아 맞춤형 교육이 이루어졌다.

매영들은 극도의 수련을 거친 후라서 그런지, 날카로운 기세를 흘리는 교관들에게 주눅 들지 않고 착실히 교육을 받을 수 있었다.

그렇게 무기에 대한 훈련은 석 달에 걸쳐 이루어졌고, 다들 빠르게 습득을 할 수 있었다.

현대전에서 사용되는 각종 개인화기와 중화기들을 자유자재로 다룰 수 있게 되기까지 고작 3개월밖에 걸리지 않았다.

너무 빠른 성취에 교관들은 다들 고개를 저었다. 매영이 어째서 자신들과 다른지 절실히 느꼈기 때문이었다.

3개월 동안의 교육이 끝난 후, 곧바로 야전 훈련이 이어졌다. 매복과 기습을 포함한 훈련은 만수연구소 주변 산속에서 이루어 졌고, 상대는 8군단의 병력들이었다.

매영들은 한 번도 발각이 되지 않고 8군단 병사들을 유린했다. 나름 자부심이 많았던 8군단의 전사들이 자신들의 능력에 회의감을 가질 정도로 무참한 패배였다.

2개월에 걸쳐 진행된 야전 훈련을 통해 더 이상 교육시킬 것이 없다고 판단한 매영의 수뇌부에서는 다른 것들을 가르치기 시작했다.

현대 첩보전에 필요한 모든 것을 배울 수 있었다. 고문술과 기만술을 비롯해 요인 암살 등 첩보전에 필요한 것뿐만 아니라, 심리학, 언어 등 다방면으로 배울 수 있었다.

특히나 요사이 각광을 받기 시작한 컴퓨터는 물론이고, 헬기와 전투기를 비롯한 각종 비행기 조종까지 배울 수 있어서 유익한 시간이었다.

그렇게 일 년 정도의 시간이 지나는 동안 아버지와 미영 아줌마로부터 배운 것도 많았다.

한의학과 양의학에 대한 전반을 배울 수 있었다. 아버지와 미영 아줌마가 놀라 까무러칠 정도로 두 분의 모든 것을 빠른 속도로 내 것으로 만들었다.

그렇게 일 년 동안 진행된 강도 높은 교육이 끝난 후에 2차 교육이 시작됐다.

다른 매영들은 모두 2차 교육을 받으러 갔지만, 나는 그럴 수가 없었다. 그토록 원했던 심법을 익히게 되었기 때문이다.

일 년간 내가 익혔던 비기를 사용할 수 있는 심법들을 매영의 수장인 유언상이 직접 가르쳤다.

원래는 암동의 수련이 끝난 후 가르치려 했다고 한다.

그러나 흑운이라는 조직과의 전쟁이 갑작스럽게 시작되어 시간이 늦어졌다는 말을 유언상으로부터 들을 수 있었다.

덕분에 무기 훈련을 하는 동안 천곤패에서 얻은 것들을 익혔기에 아쉽지는 않은 일이었다.

매영이 전수해 주었던 비기들은 이미 자유자재로 사용할 수 있지만, 두말 하지 않고 유언상이 가르쳐 주는 것을 배웠다.

본래의 것과 내가 익힌 것의 차이점이 무엇인지 찾아내 보완하기 위해서였다.

그렇게 심법을 배우는 것이 거의 끝나갈 무렵, 뭔가 심각한 일이 일어나고 있다는 것을 느낄 수 있었다.

나를 가르치는 유언상의 모습에서 초조함을 엿봤기 때문이었다. 유언상이 초조해할 일은 단 하나뿐이다. 흑운과의 전쟁에서 밀리는 것이 분명했다.

'오늘이 마지막 심법을 익히는 날인가? 그나저나 늦는군.'

오늘은 유언상에게 마지막 심법을 전수받는 날이다.

심법을 전수받는 날은 내 방에서 아침 일찍부터 유언상을 만나는데, 약속한 시간보다 한 시간이나 늦고 있다.

'양반은 못되는군.'

오지 않아 내심 무슨 일인가 하고 있는데, 유언상이 내방으로 오고 있는 것이 느껴졌다.

'이상하군. 흐르는 기운이 불안정하다.'

뭔가 일이 있는 것이 분명하다. 활기차게 흘러야할 그의 기운이 매우 불안정하다.

방문을 열고 들어오는 유언상의 모습이 보인다.

창백한 안색과 입가로 엷게 보이는 피가 묻은 흔적을 보면 내상을 입은 것이 확실했다.

"늦어서 미안하다."

"아닙니다."

유언상의 마음이 급한 것 같아서 무슨 일이 있는지 묻지 않았다.

"준비가 됐다면 지금부터 심법 전수를 시작하겠다."

"말씀하십시오."

"마지막 심법은……."

유언상은 심법의 구결을 일러주기 시작했다.

한 번 들은 것은 절대 잊어먹지 않는다는 것을 알기에 유언상의 입에서는 끊임없이 구결이 흘러나왔다.

"이것으로 마지막 심법의 전수가 끝났다."

10여 분간의 구결 전수가 끝나자 유언상은 착잡한 표정으로 나를 바라보며 말했다.

"고맙습니다."

"수련에 매진해서 성취를 이루도록 해라."

그동안 열한 개의 심법을 전수 받고 내 것으로 만들었다. 대성을 하지는 못했지만 3성 정도의 성취를 얻었다.

이제 마지막 심법을 전수 받았으니 유언상의 말대로 수련에 매진해야 할 터였다.

"차훈아."

"예."

"앞으로 나를 볼 수 없을지도 모른다."

"무슨 말씀이십니까?"

"요사이 매영에게 큰일이 생겼다는 것은 너도 느끼고 있었을 것이다."

무엇인지는 정확히 모르지만 일이 생겼다는 것은 알고 있다.

"그렇기는 합니다만… 진짜 무슨 일이 있는 겁니까?"

"흑운이 공화국을 집어삼킬 것 같구나."

"도대체 무슨 일이 있는 겁니까?"

"흑운의 간계에 넘어간 매영들이 배신을 했다."

수계를 받아 금제에 얽인 매영들이 배신을 하다니, 믿을 수 없는 일이었다.

"매영이 배신을 하다니, 사실입니까?"

"그렇다. 어떻게 배신할 수가 있었는지 모르겠지만, 만수연구소를 제외한 공화국의 모든 것이 이미 흑운의 손아귀에 떨어진 상태다."

"어떻게 그럴 수가……."

수련을 하면서 한반도를 하나로 만든 매영이 가공할 힘을 지녔다는 것을 알게 되었다.

그런 그들이 흑운에게 밀려 이곳만 제외하고 모두 빼앗겼다는 사실이 도무지 믿어지지 않았다.

"이제 시간이 얼마 남지 않았다. 얼마 있지 않아 이곳으로 흑운이 들이닥칠 것이다."

"제가 어떻게 해야 합니까?"

"넌 남아서 우리의 눈과 귀가 되어라."

"연락책이 되라는 말씀입니까?"

"그렇다. 최고 지도자나 박명호 박사 때문이라도 널 데리고 갈 수가 없다."

"으음, 그분들은 괜찮으신 겁니까?"

"걱정하지 마라. 최고 지도자는 결코 만만한 사람이 아니다. 아무리 흑운이라고 해도 그분을 건드릴 수는 없다. 시간이 조금 더 지난 후라면 모를까, 지금으로서는 후계자라 하더라도 어찌할 수 없을 거다. 최고 지도자 뒤에는 러시아연방이 있으니 말이다."

"알겠습니다. 그럼 앞으로 제가 뭘 해야 합니까?

"오랜 전쟁이 될 것이다. 살아남는 것이 우선이다. 네 자신을 철저히 숨기고 지금까지 배워왔던 것을 모두 네 것으로 만들어라. 너에게는 그 이후에나 연락이 갈 것이다."

"매영임을 숨기라는 말씀은 이해가 가지만, 이미 제가 매영임을 알고 있는 이들이 있습니다."

"그런 것이라면 걱정하지 마라. 너에 대해서는 비밀이 지켜질 테니까."

"배신자들이 있다고 하지 않으셨습니까? 더군다나 전에 그곳에서 싸웠던 여자도 흑운에 소속된 사람이라고 하셨고 말입니다."

배신자들이 나에 대해 모를 리가 없었다.

그리고 누워 있던 아저씨를 죽이고 나를 죽이려 했던 이도 흑운이라고 했다.

그녀는 내가 매영과 같이 있었다는 것을 알고 있기에 이대로 남아 있는 것은 위험을 자초하는 일이었다.

"그것은 걱정하지 마라. 너에 대해 알고 있는 이들은 나와 네 동기들, 그리고 너를 가르친 이들뿐이니까. 그리고 그들은 흑운의 손을 타지 않은 사람들이다."

"으음, 다들 안전한 모양이군요."

"그렇다. 네 동기들과 가르친 이들은 모두 무사하다. 이런 사태가 생길 줄 알고 미리 피신을 시킨 덕분이다."

"그럼 그녀는 어떻게 할 겁니까?"

"그것도 염려할 것 없다. 너와 싸웠던 그녀는 너에 대해 절대 말하지 않을 테니 말이다."

"뭔가 있군요?"

"맞다. 그녀는 흑운으로부터 돌아섰다."

이해가 가지 않는 말이었다.

"무슨 말씀이신지 모르겠습니다. 돌아서다뇨?"

"우리를 위협하는 자들은 자신의 욕망을 위해 타락한 자들이다. 유전공학으로 스스로의 신체를 강화한 놈들이지. 그러나 그녀는 다르다. 지금 우리를 위협하는 놈들처럼 타락한 자들이 아니라 진정한 흑운이다."

"뭔가 교감이 있었던 모양이군요?"

"그렇다. 놈들의 공세가 시작되기 전에 그녀가 우리에게 협력을 제안해 왔다. 그게 일 년 전이었다. 덕분에 나름 준비를 했지만 100여 년을 준비해온 놈들에게는 역부족이었던 모양이다."

"그녀가 원하는 것은 뭡니까?"

"흑운 내에는 그녀처럼 선천적으로 능력을 가지고 태어난 이들이 있다. 그녀는 변질된 자들을 처단하고 원래의 흑운으로 돌아가고 싶어 한다. 그것 때문에 우리와 손을 잡은 것이고."

이해가 가기는 하지만 사람을 가차 없이 죽인 여자였다. 쉽게 믿을 수는 없을 것 같았다.

"믿을 수 있겠습니까? 그녀는 실험실에서 아저씨를 살해했던 자입니다."

"전의 일 때문이라면 믿어도 된다. 그녀나 그녀를 따르는 이들은 인위적으로 만들어진 능력을 가진 자들이 아니라면 함부로 살생을 하지 않으니까."

"알겠습니다. 그렇게 말씀하시니, 남도록 하겠습니다."

"어려운 결정이었을 텐데 고맙다."

"아닙니다."

"이제 나는 떠난다. 당부하지만 네가 배운 것들을 전부 너의 것으로 만들어야 할 것이다."

"노력하겠습니다."

"나중에 보도록 하자."

유언상은 말을 끝내고 내 방을 나섰다.

"많은 것이 변했군. 뭐 때문이지?"

흑운이 한반도를 장악한 것은 앞으로 십 년 뒤다. 그리고 그 삼 년 뒤, 흑운은 매영에게 뒤통수를 맞는다.

유언상이 다급한 내색을 보이는 것은 아마도 준비가 완성되지 않아서일 것이다. 나 또한 매영이 준비한 과정의 일환이었고 말이다.

"이렇게 된 원인이 있을 것이다. 그렇지 않다면 있을 수 없는 일이니까."

분명이 원인이 있을 것이다. 회귀 전과는 다른 인생을 살았다고는 하지만 내가 원인은 아닐 것이다. 변화를 촉발할 일을 벌인 적이 없으니까 말이다.

아마도 원인은 다른 곳에 있을 것이다. 내부적인 원인이 아니라 외적인 요인일 가능성이 크다.

유언상의 행동을 보면 예기치 않게 갑작스럽게 진행된 면이 없지 않으니 말이다.

"답답하군. 생각하지 못했던 변수라니……."

실험실만 전전한 인생이었다. 세상 사정은 젬병이나 마찬가지였다. 지금도 마찬가지다. 세상일에 대해서는 거의 아는 것이 없다. 세상을 모른다는 것이 너무도 답답했다.

"갑작스럽게 닥쳐서 그렇지, 유언상도 어느 정도 예상을 하고 있었을 것이다. 그 여자와 손을 잡았다고 하니 시간이 걸리겠지만 반격을 할 수 있을 것이고……."

후계자란 놈이 권력을 잡은 것 같으니 준비할 것이 많아졌다. 조금 곤란한 상황이지만 크게 달라진 것은 없다. 매영의 비기를 전부 얻은 이상 말이다.

'온 건가?'

갑자기 수많은 기운이 느껴진다. 무극지에서 느꼈던 것과는 전혀 다른 특이한 기운들이다.

'흑운에서 만수연구소를 포위한 것이 분명하구나.'

판세가 어떻게 돌아가는 것인지는 모르겠지만, 지금은 조용히 숨죽여야 할 때였다.

'어디 보자⋯⋯.'

비약적으로 상승한 감각을 확대시켰다.

감각을 확대시키면 만수연구소 정도의 공간은 내 이목 아래로 둘 수 있다. 감각으로 느끼는 것이지만, 마치 보는 것처럼 선명하다.

'비밀 통로가 있었나 보군.'

지하로 나 있는 통로를 통해 어디론가 빠져나가는 유언상의 기운이 느껴진다. 그들이 이용한 통로는 금방 폐쇄가 되었다.

문을 열고 들어오는 이들의 기운이 좀 더 확실히 느껴진다.

'굉장하군.'

만수연구소 안으로 일단의 인물들이 들어서고 있는데, 다들 굉장한 기운을 가지고 있다.

살이 베일 것 같은 날카로운 예기를 풍기는 것이 심상치 않은 자들이었다.

팟!

그들은 유령이었다. 들어서자마자 신형이 흩어지며 사라지더니 경비를 하고 있던 병력들이 죽어 나가기 시작했다.

'희미한 궤적만 남기고 형체를 안개처럼 변환시킬 수 있다니, 그 여자와 같은 능력이군.'

자연스럽지는 않지만 나와 싸웠던 여자와 같은 능력을 사용하고 있다.

'그 여자가 사용하는 것과는 조금 다른 것 같다.'

뿌연 안개 같은 것으로 변한 자들이 사방으로 흩어지며 경비 병력들을 죽이고 있었다.

단순히 스치기만 했는데 경비병들은 마치 미라처럼 변해 버렸다.

나와 상대했던 여자는 물리 공격을 통해 상대를 죽이려 했는데 이들은 공격의 형태가 완전히 달랐다.

만수연구소에 나타난 자들은 놀랍게도 사람의 생기를 순식간에 흡수하며 죽이고 있었다.

생명력을 흡수하며 더욱 강해지는 것 같은 모습이다.

'굉장히 빠르군.'

상당한 수의 경비병들이 있었는데 빠르게 죽어나갔다. 그들이 만수연구소를 장악하는 데 필요한 시간은 겨우 30분 정도밖에 되지 않았다.

연구소 안에 살아 있는 이들이라고는 연구에 참여한 인력들과 검은 인영들뿐이었다.

'사라지는군.'

임무가 끝났는지 그들은 일제히 만수연구소를 벗어났다.

얼마 지나지 않아 병력들이 만수연구소 안으로 들이닥쳤다.

'호위총국에서 나온 자들이로군. 후계자가 직접 움직이고 있는 것인가?'

최고 지도자의 후계자는 호위총국의 수장이다. 흑운을 부리는 자이기도 하다.

'이쪽으로도 오는군. 혹시 모르니 준비를 하자.'

병력들이 내가 있는 곳으로 오고 있다. 정체를 감추라고는 했지만 무방비 상태일 필요는 없다.

딸칵!

문이 열리며 장교 하나가 안으로 들왔다. 날카로운 인상의 장교는 나를 한 번 보더니 방을 둘러봤다.

"너 혼자인가?"

"그렇습니다."

"이름은?"

"박차훈이라고 합니다."

"호오, 네가 바로 박차훈이군."

눈동자 속에 흥미로움이 가득하다. 나를 알고 있는 모양이다.

"네 아버지는 어디 있지?"

"연구실에 계실 겁니다."

"지하에 말인가?"

"그렇습니다."

"날 따라오도록."

장교의 지시에 자리에서 일어나 뒤를 따랐다. 장교를 뒤따라온 병력들이 나를 에워싸며 도주할 길을 막았다.

공동으로 내려오자 연구원들이 호위총국의 병력들의 인솔로 지하로 내려가고 있었다.

엘리베이터가 하나뿐이라 기다려야 했지만, 나를 데려가는 이가 장교였던 탓인지 다른 이들보다 먼저 지하로 내려갈 수 있었다.

나는 장교를 따라 연구원들이 갇혀 있는 지하 창고로 갔다.

"들어가라. 당분간 이곳에 있어야 할 거다."

"우리는 어떻게 되는 겁니까?"

"너희들에 대한 처분은 따로 있을 것이다."

"알겠습니다."

장교의 말대로 반항하지 않고 창고 안으로 들어갔다. 이미 많은 수의 연구원들이 창고 안에 있었다. 내 뒤로도 연구원들이 계속해서 창고로 들어왔다.

얼마 지나지 않아 아버지와 아줌마도 호위총국의 병력들에 의해 창고로 들어왔다.

"아버지!"

"그래. 차훈아. 무사해서 다행이다."

"호위총국의 병력들이 이곳을 점거한 것을 보면 후계자가 움직인 것 같습니다."

"으음! 그런 것 같기는 하다만, 최고 지도자께서는 쉽게 당할 분이 아닌데 걱정이구나."

"매……."

"조용히 있어라."

매영이 당한 것을 말하려 했는데, 아버지가 급히 내입을 막으셨다.

"매사 조심해야 한다. 이런 때일수록 말이다. 우리야 연구만 하는 사람들이니 죽이지는 않을 것이다. 우리에 대한 처분은 조만간 뭔가 결정이 나겠지."

"알겠습니다."

만수연구소에서 하는 연구는 모두가 최고 지도자의 수명을 늘리는 것이 초점이 맞추어져 있다.

광기를 가지고 있는 후계자도 권력을 잡은 후에는 반드시 필요한 시설이다. 연구소 최고 권위자인 아버지를 그냥 폐기 처분할 일을 없을 터였다.

아버지의 말대로 돌아가는 사태를 지켜보는 편이 나았다.

예상한 대로 호위총국의 병력들은 연구원들을 상해를 가하지 않고 가두어 놓기만 했다.

때에 맞추어 음식을 들여보내는 것을 보면, 연구원들을 죽이지는 않을 것이 분명했다.

그렇게 하루가 지났을 무렵 변화가 생겼다. 누군가 지하로 내려오고 있었다.

'으음, 쉽게 볼 수 있는 기운이 아니다.'

유언상 떠난 후에 경비 병력들을 몰살시켰던 자들에게서 느꼈던 기운보다 더욱 사이한 뭔가가 다가오고 있었다.

덜컹!

창고의 문이 열리고 누군가 안으로 들어섰다.

"안녕하신가? 박명호 박사."

"후계자 동지께서 직접 오시다니 뜻밖입니다."

후계자가 직접 오다니 나로서도 놀라운 일이었다.

"아버지의 눈을 가리고 있는 놈들을 처단하는데 호위총국을 맡고 있는 이 몸이 빠져서야 되겠소?"

"반란이라도 있었던 것입니까?"

"그렇소."

"최고 지도자 동지께서는 무사하신 겁니까?"

"무사하시오."

"무사하시다니 다행스러운 일입니다. 도대체 무슨 일이 있었던 것입니까?"

"암살 시도가 있었던 그날 이후 이 년 동안 놈들을 추적하며 알아낸 바로 매영이라는 집단이 아버지를 속이고 있다는 것이 밝혀졌소."

"매, 매영이 말입니까?"

"그렇소. 매영에 속해 있기는 하지만 공화국에 충성을 바치는 이들이 있어 놈들의 속셈을 알아낼 수 있었고, 다행히 늦지 않게 놈들을 솎아낼 수 있었소."

"그렇군요."

아버지가 고개를 끄덕였다.

말은 그럴 듯했지만 매영이 흑운과의 권력 다툼에서 밀려났다는 것을 누가 보더라도 알 수 있었다.

"그런데 저희들이 이곳에 가두어 두신 이유가 뭡니까?"

"박사와 연구원들을 보호하기 위해서요. 그리고 혹시나 있을지도 모르는 놈들의 간세를 잡아내기 위해서이기도 하고."

"이들은 매영이 될 수 없는 이들입니다."

"알고 있소. 이미 확인도 했고."

"그렇다면 풀어 주십시오. 최고 지도자 동지를 위해 연구해야 할 것들이 많습니다."

"놈들의 잔당에 대한 단서를 찾아야 하니 조금만 기다려 주시오. 그것이 끝나면 예전과 같이 돌아갈 것이오."

"알겠습니다. 잠시 이곳에 더 있어야 하겠군요."

"고맙소. 내 뜻을 따라주니 말이오."

"아닙니다."

"내일이면 아버지께서 이곳으로 오실 것이오. 아버지께서 박사를 아끼시기는 하지만, 알아서 잘 하리라 믿소."

"저는 그저 최선을 다할 뿐입니다."

후계자가 막무가내로 나가지 않는 것을 보면 뭔가 문제가 있음이 분명했다.

아버지가 쉽게 당하지 않을 것이라고 말씀하셨던 것을 보면 최고 지도자라는 놈이 가진 힘이 아직 남아 있는 모양이었다.

"네가 차훈이라는 아이구나."

아버지의 대화가 끝나자 후계자가 나를 보며 물었다.

"그렇습니다."

"하하하, 정말 영민하게 생겼구나. 아버지의 뒤를 이어 잘 부탁한다."

후계자란 놈이 호탕하게 웃으며 내 어깨를 두드린다.

"최선을 다하겠습니다."

"그래, 좋은 일이지. 그런 생각을 늘 간직하도록 해라. 그리고 박사!"

"말씀하십시오."

"나는 이만 가보도록 하겠소, 아버지가 오시면 원래 자리로 보내드릴 것이니 연구에 박차를 가해주시오."

"알겠습니다."

아버지의 대답을 들은 후계자는 알 수 없는 미소를 지어 보인 후 창고를 나섰다.

"후우!"

긴장을 하셨는지 아버지가 한숨을 내쉬었다.

"만만치 않더군요."

"그럴 것이다. 명색이 흑운을 손에 틀어쥔 자이니."

아버지와 나를 이렇게 긴장하게 만든 자는 후계자가 아니다. 그의 주변에 숨어 모습을 보이지 않던 흑운의 존재 때문이다.

나를 죽이려 했던 그녀와는 전혀 다른 형태의 기운을 간직하고 있는 자였다.

'암기를 심다니… 앞으로 쉽지 않겠군.'

피부에 소름을 돋게 만드는 음습하고 어두운 기운에 절로 긴장하게 만드는 무서운 자다.

그런 자가 후계자 곁에 있다면 정체를 숨기는 것이 쉽지는 않을 것 같다는 생각이 들었다.

더군다나 후계자가 어깨를 두드릴 때 은밀하게 나에게 음습한 기운을 주입하는 것도 그렇고 말이다.

'놈이 심은 기운은 금방 해소가 되니 문제는 없지만, 사라졌다는 것을 알게 되면 무슨 일이 벌어질지 모른다. 더군다나 감시하는 자들까지 남겼으니 더욱 조심하도록 하자.'

놈이 주입한 기운은 한 시간이면 해소가 된다. 심장 속에 있는 녹령이 가만 두지 않을 테니 말이다. 무엇보다 내가 처음 상대했던 그 여자의 것보다 못한 면이 많으니 이미 그런 경험을 한 녹령으로서는 아주 쉬운 일일 것이다.

'아마도 아버지를 위협하기 위해서 그런 암수를 사용한 것 같으니 조심하자.'

놈은 혼자 온 것이 아니다. 다섯이나 되는 인원이 연구소에 들어와 있다. 흑운을 손에 틀어쥔 것을 증명하듯 전에 상대해봤던 여자와 비슷한 기운을 지닌 자들이다.

내가 싸웠던 여자에 비할 바는 못 되지만 상당한 크기의 기운을 품고 있는 놈들은 호위총국의 장교로 위장해 있는 중이다.

'어쩌면 최고 지도자라는 놈을 이곳으로 유폐시키려는지도 모르겠군. 여기에 남아 있는 놈들은 감시하기 위한 것이고.'

최고 지도자가 이곳에 오는 이유는 빤했다. 죽일 수는 없으니 권력의 중심부에서 잠시 물러나게 한 것이다.

'아마도 따르는 세력들을 전부 제거하면 최고 지도자라는 놈도 무사하지 못할 것이다.'

명색이 아버지인데도 거침없이 행동하는 것을 보면 후계자라는 놈의 성품도 알 수 있을 것 같다.

아버지의 말대로 속에 광기를 품고 자신밖에 모르는 자다. 막강한 군사력까지 보유한 마당이라 어떤 일을 벌일지 알 수가 없을 것 같다.

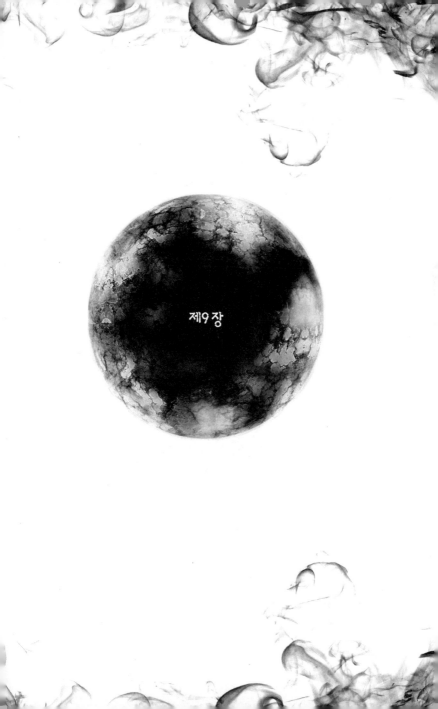

제9장

9

박명호 박사와 대화를 나누고 밖으로 나선 김윤일이 발걸음
을 멈춰 세웠다.

[어떻게 봤나?]

김윤일은 자신의 그림자 속에 숨어 있는 흑운에게 물었다.

[대지의 기운을 가지고 있는 것을 보면, 박명호의 실험이 성
공한 것 같습니다.]

[그래?]

[지금까지 파악한 바로는 차훈이라는 아이가 가장 성공한 사
례지만, 위협이 될 만한 기운은 가지고 있지는 않았습니다. 그
런 점에서 볼 때 매영이 박명호의 연구 자료를 모두 얻었다고

해도 그다지 위협이 될 것 같지는 않습니다.]

[다행이로군. 그나저나 유언상은 어떻게 됐나?]

매영의 수장을 찾는 것이 급선무였기에 김윤일이 물었다.

[모습을 감춰서 찾을 수가 없었습니다. 모습을 감추는 데는
역시나 일가견이 있는 놈인 것 같습니다.]

[으음, 기습을 했는데도 놓치다니, 골치 아프군.]

[걱정하지 마십시오. 그놈은 저와의 싸움으로 깊은 내상을 입
었을뿐더러, 가지고 있는 기반도 모두 잃었습니다. 매영은 맥을
보존하기 어려울 정도로 많은 것을 잃었으니 대업을 완수하는
동안은 절대 나타날 수 없을 겁니다.]

[너무 과신하지 마라.]

[숨어 있는 동안 제법 힘을 키울 테지만, 저와 흑운이 있는 이
상 염려하지 않으셔도 될 겁니다. 주군.]

[하긴, 머지않아 모든 것이 내 손 안에 들어올 테니… 그래도
놈들을 찾는 것을 멈춰서는 곤란하다. 간세를 심어놓을 수도 있
으니 놈을 비롯해 매영의 뿌리를 뽑아내는 것도 계속 진행해라.]

[알겠습니다. 주군.]

[좋아. 아버지가 이곳으로 오시면 남아 있는 놈들의 숙청을
시작한다. 한 놈도 남김없이 처리하도록.]

[이번에 새로 들인 매영들에 대한 세뇌와 진화 작업이 내일이
면 끝나니, 그들로 하여금 손을 쓰도록 하겠습니다.]

[충성심은?]

[스스로 힘을 얻기를 원한 자들이고, 의식까지 변화시키는 것이 진화 과정이니 염려하지 마십시오.]

동맹을 맺은 자들에게 수계의 금제를 풀 수 있는 방법을 전해받은 후부터 원했던 것들이 순조롭게 진행되는 것 같아 김윤일은 마음이 놓였다.

[알았다. 차질 없이 진행하도록.]

[예, 주군.]

[그런데 아버지는 지금 어떻게 됐나?]

[만수연구소로 오시고 있는 중입니다.]

[아직도 아버지 옆에 붙어 있는 존재의 정체는 파악하지 못한 것인가?]

[그저 있다는 것만 느껴질 뿐, 확실하지가 않습니다.]

[자네도 확신하지 못할 정도의 실력자라니, 골치 아프군… 블리자드가 제대로 신경을 쓴 모양이야.]

느끼기는 하지만 흑운조차 확실히 잡아낼 수 없는 존재가 아버지의 곁에 호위를 하고 있는 중이다. 블리자드에서 아버지를 위해 보내준 자였다.

세상이 변한 후 수많은 능력자가 활보하고 있지만, 진화를 거듭해 새로운 존재로 거듭난 흑운을 당할 자는 거의 없었다.

그런 흑운조차 감지하기 어려운 존재가 아버지 곁에 붙어 있다는 사실에 김윤일은 마음이 착잡했다.

그림자가 누구인지 정체는 모르지만, 그를 파견한 블리자드가 숨기고 있는 전력이 얼마만큼 큰 것인지 누구보다 잘 알고 있기 때문이었다.

[너무 염려하실 것은 없을 것 같습니다. 붙어봐야 확실히 알긴 하겠지만 딱히 제가 질 것 같지도 않고, 무엇보다 놈의 임무는 최고 지도자 동지를 보호하는 것이 전부인 것 같으니 말입니다.]

[다른 곳으로 연락을 취하거나 한 적이 없다고는 하지만 그것이 더 걱정이다. 그만큼 아버지가 자신이 있다는 뜻이니까 말이야.]

[이미 수레바퀴는 굴러가기 시작했습니다, 주군! 수령께서 블리자드라는 강력한 패를 숨기고 계신다고 해도 이제는 막을 수 없을 겁니다.]

[그래야 하겠지. 이미 수레바퀴는 굴러가고 있으니 말이야.]

세계의 변화가 시작된 상황이다.

이면 조직들 간에 큰 변화가 시작되고 있는 상황이라 대세를 거스를 수는 없을 터였다.

'아버지의 지지 기반인 군부의 숙청은 금방 끝나니 이제 나에게 대적할 세력은 아무도 없다. 아버지가 숨겨 놓은 패를 아직 다 파악하지 못한 것이 마음에 걸리지만, 그들이 있는 이상 내 기반은 확고할 것이다.'

흑운을 손에 넣고 난 후부터 자신이 원하는 대로 계획들이 진행되고 있었다.

김윤일은 일이 순조롭게 진행되고 있는 것을 알면서도 마음이 불안했다.

자신이 생각해도 일들이 너무 쉽게 풀리고 있었다.

자신이 알고 있는 아버지라면 이렇게 허무하게 권력을 빼앗기지 않을 것이기에 불안한 마음이 든 것이다.

어쩌면 자신은 아버지가 짜 놓은 판 위에서 춤추는 꼭두각시에 지나지 않을지도 모른다는 생각이 자꾸 드는 것이다.

'내게는 흑운이 있다. 매영도 흑운을 당하지 못한 상황이다. 거기다가 그들까지 내 뒤에 있다. 아버지가 숨겨 놓은 패가 아무리 좋다고 해도 그다지 위협이 되지는 않을 것이다.'

불안해 봤자 이미 주사위는 자신의 손을 떠났다. 앞으론 나아가는 일밖에 남은 것이 없는 상황이다.

싸움은 있겠지만 새롭게 태어난 흑운이 있는 이상 걱정할 필요는 없었다. 인간이 아닌 괴물이 되어버린 흑운을 대적할 자는 아무도 없었다.

'평양을 오래 비워둘 수 없으니 일단 돌아가자. 여기 있어 봐야 좋지 않은 꼴만 볼 테니.'

더 있어도 되지만 그러고 싶지 않았다. 명분 때문에 만수연구소로 유폐시킨 아버지를 만나면 껄끄럽기만 할 뿐이다.

김윤일은 만수연구소 바깥에 세워진 차량을 타고 곧바로 떠났다.

곧장 평양으로 돌아온 김윤일은 최고 지도자의 지시를 핑계

삼아 군 수뇌부를 금수산 궁전으로 불러들였다.

영문도 모르고 각지에서 군 수뇌부들이 평양으로 향했고, 저녁이 한참 지날 무렵에서야 모두 모일 수 있었다.

회의실에 모인 군 수뇌부를 바라보는 김윤일은 침묵으로 일관한 채 입을 열지 않았다.

모두들 긴장한 눈으로 김윤일을 바라보았다.

"모두 알겠지만 최고 지도자 동지께서는 건강이 좋지 않소."

"후계자 동지, 혹시 최고 지도자 동지께서?"

인민무력부장인 오창후가 물었다.

"아직은 괜찮으시오. 다만 요즈음 기력이 떨어지셔서 거동하기 힘드신 상태요. 내일부터는 만수연구소에 가셔서 건강을 챙기실 것이니 많이 좋아지실 것이라고 보오."

"다행입니다. 후계자 동지."

"내일은 군에 대한 인사를 할 것이오."

"군에 대한 인사를 말입니까?"

군 인사권은 최고 지도자가 가지고 있었다. 후계자가 말할 사항이 아니었기에 다들 의아한 눈으로 바라보았다.

"그렇소."

"최고 지도자께서 말씀하실 사항임을 모르지는 않으실 텐데요?"

"알고 있소. 그래서 그대들에게 묻고 싶은 것이 있어 이 자리를 마련한 것이오."

"우리에게 묻고 싶으신 것이 뭡니까?"

"앞으로 아버지가 아닌 나에게 충성을 바칠 것인가를 그대들에게 묻고 싶소."

"으음."

신음과 함께 오창후의 안색이 구겨졌다. 몇몇을 제외하고는 대부분의 사람들도 마찬가지였다.

군 수뇌부를 전부 불러 놓고 이런 말을 꺼낸다는 것은 모든 권력을 차지할 준비를 끝냈다는 것이 틀림없었다.

'오늘 내가 잘못 왔구나.'

오창후는 지금 이 자리가 자신의 운명을 가르게 될 것임을 깨달았다.

'하지만 최고 지도자는 그리 만만한 분이 아니다.'

공화국을 건국하기 전부터 측근으로 지낸 것이 자신이었다. 최고 지도자가 가지고 있는 힘을 누구보다 잘 알았다.

정체는 모르지만 최고 지도자의 뒤에 막강한 배후가 있다는 것을 알기에 쉽게 대답을 할 수가 없었다.

하지만 결정을 내려야 했다. 후계자의 눈빛이 그것을 강요하고 있었다.

'광포한 성격을 가지고 있으니 최고 지도자가 돌아가셨다면 이런 식으로 일을 처리하지는 않았을 것이다.'

최고 지도자가 당했다면 막무가내로 일을 처리할 사람이 후계자다. 이런 식으로 물어보는 것을 보면 최고 지도자는 아직은 건재한 것이 분명했다.

"어차피 후계자 동지께서 공화국을 이끌게 되겠지만 지금 그 말씀은 듣지 못한 것으로 하겠습니다."

"그리 결정을 했다니 아쉽소."

김윤일이 아쉬운 빛을 드러냈다.

오창후는 여전히 자신을 따를 의향이 없었다.

"별말씀을."

"좋소! 그대의 뜻을 존중하겠소. 나머지 분들은 어떻게 하시 겠소? 반대하는 분들은 손을 들어 주시기 바라오."

김윤일이 좌중을 둘러보며 입을 열었다. 오창후가 결정을 내린 탓인지 몇몇을 제외하고는 다들 손을 들었다.

"그대들의 뜻을 잘 알았소. 이만 돌아가도 괜찮소."

다들 의아한 눈으로 김윤일을 바라보았다.

자신에게 충성을 바칠 것인지 의사만 확인하고 돌려보낸다는 것이 이상했던 것이다.

하지만 그럴 수도 있겠다는 생각이 들었다.

건강이 좋지 않은 최고 지도자 때문에 사후를 염려해 이런 자리를 마련한 것이 틀림없는 것 같았다.

자신들을 시험하기 위해서 말이다.

척!

"우리 군은 변함없이 최고 지도자와 공화국을 위해 헌신할 것입니다. 후계자 동지."

오창후는 경례와 더불어 자신의 뜻을 더욱 확고하게 밝혔다.

"알겠소. 잘들 돌아가시오."

김윤일도 경례를 받으며 오창후의 눈을 바라보았다.

오창후는 싸늘한 눈빛으로 김윤일을 한 차례 바라본 후 그대로 뒤로 돌아 회의실을 빠져 나갔다.

'으드득, 얼마 남지 않았다.'

그를 따라 회의실을 나서는 군 수뇌부를 보며 김윤일의 눈가가 서늘해졌다.

아버지와 함께 공화국을 건설한 이들이다. 군을 완전히 장악하고 있기에 제거하지 않으면 안 되었다.

아버지가 꺼내들 마지막 패를 알지 못하는 한 자신에게 적이될 세력을 남기는 것은 곤란한 김윤일이었다.

[모두 제거하도록. 계획한 대로 진행한다.]

[알겠습니다. 주군.]

흑운이 움직이기 시작했다.

각자의 임지로 돌아가기 전에 모든 것이 끝날 것이다.

그런 뒤 그 자리는 죽은 자들의 모습을 한 흑운의 인물들로 채워지게 될 것이다. 아직은 아버지에게 책이 잡혀서는 곤란하니 말이다.

그날 김윤일의 지시를 거부한 군 수뇌부 중에 살아남은 자들은 없었다. 그러나 자신의 임지나 사무실에 도착하지 못한 군 수뇌부 또한 한 명도 없었다.

그렇게 공화국의 군 수뇌부가 싹 바뀌었지만 누구 하나 그것을 알아차린 이는 없었다. 그만큼 흑운의 행보는 은밀하면서도 치밀했다.

후계자라는 놈이 말을 한 대로 최고 지도자가 다음 날 만수연구소로 들어왔다.

아직까지 영향력이 남아 있는지 연구원들은 곧바로 풀려났고, 아버지는 지금 최고 지도자라는 놈을 만나고 있다.

나는 내 방에서 아버지와 최고 지도자와의 대화를 엿듣는 중이다. 무슨 대화를 나누는지 알아야 할 것 같아서다.

감각을 확장시키니 최고 지도자의 방이 확연히 느껴진다.

'이미 예상을 했던 일이었나?'

아들에게 권력을 빼앗긴 사람답지 않게 무척이나 기운찬 모습이다. 맥박도 안정적이고, 그리 기분이 나쁜 모습이 아니다.

'옆에 딱 달라붙어 있는 자 때문인지 감시를 하지 않는군.'

연구소에 남아 감시를 하고 있는 흑운도 최고 지도자의 주변에 접근하지 않고 있었다.

흑운으로서도 감당하기 어려운 자가 최고 지도자의 주변에 숨어 있는 까닭이다.

'아무래도 최고 지도자가 가진 숨겨둔 패 중에 하나인 것 같

구나. 혹운에서도 이미 그 존재를 알고 있는 것 같기도 하고.'

알면서도 서로 모르는 척하는 것을 보니 재미있다. 무엇을 노리는 것인지는 몰라도, 그 끝에는 놀라운 것이 숨어 있을 것 같다.

"최고 지도자 동지, 괜찮으십니까?"

"하하하! 아들이 휴가를 주니 즐겨야 하지 않겠나?"

"휴가라, 그것도 괜찮은 생각입니다. 최고 지도자 동지의 건강 상태를 다시 한 번 살펴보기도 해야 하니 이곳에서 조금 쉬다가 가십시오."

"알았네. 그런데 연구는 어디까지 진행이 됐나?"

"다음 단계로 넘어간 상태이고, 어느 정도 성과를 거두고 있습니다."

"다행이군. 그곳에서는 아직 연락이 없었나?"

"아직까지는 없었습니다."

"그럼 조금 더 기다려야겠군."

"그곳도 아직은 방법이 없을 겁니다. 자료를 해석하지 못하고 있는 실정일 테니 말입니다."

"그렇겠지. 그리 쉽게 됐다면 이 세상은 지금 나치의 손아귀에 떨어져 있을 테니 말이야. 그건 그렇고, 자네 아들의 성취는 지금 어떤가?"

"이론적인 것은 전부 익힌 상태입니다. 이제 남은 것은 술기들인데, 그자들의 연락이 올 때까지 다 익힐 수 있을지 걱정입니다."

"이론적인 것을 전부 다 익혔다니 대단하군. 그 정도면 술기를 익히는 것도 문제가 없을 거네. 적어도 한두 해 안에 연락이 올 일은 없을 테니까 말이야."

"그래도 이론과 실제는 많이 달라서 말입니다."

"그렇지 않아도 자네가 그리 생각할 것 같아서 그 아이를 이곳으로 불렀네. 그 아이라면 차훈이를 잘 보조할 수 있을 것 같아서 말이야."

"그 아이라면?"

"자네가 생각하는 그 아이가 맞네."

"후계자가 알아차릴 수도 있습니다."

"그것은 걱정하지 말게. 그 아이의 아버지가 그놈의 최측근이기도 하고, 자네가 하는 연구가 궁금할 테니 의심은 하지 않을 걸세."

"어느 정도 노출을 시키실 생각이신 겁니까?"

"너무 염려하지 말게. 흑운에서 나온 자들이 이곳에 상주하고 있을 테니 어느 정도의 노출은 각오를 해야 되는 상황이네. 그러니 그 아이가 온다고 해도 그리 문제는 없을 걸세."

"그렇기도 하겠군요. 그러면 그 아이가 오는 것을 전제로 연구를 진행시키겠습니다."

"그렇게 하게. 박사만 믿겠네. 후우, 피곤하군. 나는 그만 쉴 테니 자네는 그만 나가 보게."

"예, 최고 지도자 동지."

알 수 없는 대화를 끝으로 아버지는 최고 지도자의 방을 나왔다. 나에게 오는 것 같아 감각을 닫고 아버지를 기다렸다.

"방에 있었구나."

"아버지. 최고 지도자께서는 괜찮으신 겁니까?"

"별다른 이상은 없으시더구나."

"다행이군요."

"그나저나 서둘러야 할 것 같다."

"서두르다니 무슨 말씀이십니까?"

"여기서 할 이야기가 아니니 실험실로 가도록 하자."

흑운의 존재를 염려하시는 것 같은 말씀에 밖으로 나가시는 아버지의 뒤를 따랐다.

'꼬리가 붙었군.'

아니나 다를까, 방을 나서자 우리 뒤를 은밀히 따르는 그림자가 있었다. 아시는지 모르시는지 아버지는 곧장 지하 실험실로 내려갔다.

엘리베이터 안에 우리와 같이 숨을 쉬는 존재가 있다는 것을 모른 척하는 것도 곤욕이 아닐 수 없다.

아버지는 곧장 실험실로 나를 데리고 가셨다.

'감각이 좋은 자군. 이 안으로 들어오는 순간 죽음을 면하지 못할 테니까.'

우리의 뒤를 따라온 자는 감히 들어올 생각을 하지 못했다.

들어오는 순간 자신의 안위가 위험하다고 판단한 것 같다. 실험실에 설치된 결계를 느낀 것이 분명했다.

"네 표정을 보니 이곳까지는 따라오지 못하는 모양이구나."

"아버지도 느끼신 겁니까?"

"아니다. 네 표정을 보고 알았다."

"그렇군요."

"네가 펼친 것은 그곳에 있던 것과 같은 종류일 것이다. 내 생각이 맞느냐?"

"아버지도 아셨군요. 맞습니다. 그곳에 있던 것보다 훨씬 강력한 결계가 이곳에 설치되어 있습니다."

"그랬구나."

내가 설치한 결계는 뒤틀린 모든 것을 바로잡는 힘이 서린 것이다. 유전자 공학으로 이능을 얻은 자들이 들어온다면 최후를 맞이할 뿐이다.

"들어오는 순간 소멸을 면하지 못했을 텐데… 감각이 아주 좋은 자입니다."

"감각도 감각이지만 후계자나 흑운에서 어느 정도는 알아차리고 있을지도 모른다. 만수연구소가 어떤 곳인지 말이야."

"그런 것 같습니다."

"차훈아!"

"예, 아버지."

"많이 궁금할 텐데 물어보지를 않더구나."

"때가 되면 이야기를 해주실 거라고 생각했습니다."

"그래, 그게 네 장점이지. 웬만하면 속을 보이지 않으니 말이다. 잘하고 있는 것이다. 앞으로도 후계자에게 너의 정체를 들키지 않도록 해라."

"명심하겠습니다."

"이제 더 이상 감출 것도 없고, 너도 궁금할 테니 내가 하는 이야기를 잘 듣도록 해라."

"말씀하십시오."

새로운 비밀을 이야기 하시려는 것이 분명하기에 조금 긴장이 되었다.

"지금부터 하는 이야기는 그다지 아는 사람이 많지 않지만 매우 중요한 이야기다. 세상이 바뀌어 버린 것에 대한 일이니까 말이다."

"무, 무슨 말씀이신지?"

세상이 바뀐 것에 대한 이야기라는 말씀에 너무 놀라 목소리까지 떨렸다.

아버지는 나를 한참 보시더니 품속에서 뭔가를 꺼내셨다.

그것은 표지가 가죽으로 둘러싸인 색이 바란 자그마한 수첩이었다.

"우선 이것을 읽어보도록 해라."

"예, 아버지."

나에게 내미시는 수첩을 받아 앞 장부터 읽기 시작했다.

그것은 러시아연방 과학 아카데미 회원인 레오 크리스가 남겨 놓은 일기 형식의 짧막한 기록이었다.

러시아어로 쓰여 있었는데, 그것은 내게 매우 익숙한 언어다. 아버지는 내가 이곳에서 처음 배웠다고 생각하시겠지만, 회귀하기 전부터 익혀 놓은 것이었으니 말이다.

수첩에는 아주 흥미로운 내용이 기록되어 있었다.

세상에 다시 없을 대규모 폭발에 대해서 조사한 기록이었다.

'흥미롭군. 아무리 오지라고는 하지만 어마어마한 폭발이 있었는데도 죽은 사람이 하나도 없다니… 그런데 동물들에 대한 기록은 없는 건가?'

사람이 하나도 죽지 않았다는 사실에 동물들에 대한 기록이 있나 살펴봤지만 보이지가 않았다.

'조사한 과정과 폭발의 흔적들이 메모 형식으로 기록되어 있는 것을 보면, 다른 기록이 있을 수도 있겠구나.'

쓴 형태를 보면 다른 기록이 있을 것이 분명했기에 아쉬운 마음이 들었다.

"아버지, 정말 이렇게 커다란 폭발이 시베리아에서 있었다는 말입니까?"

"그렇다. 아주 어마어마한 폭발이었지."

"그렇군요."

"폭발의 크기나 흔적보다는 그것 때문에 생긴 변화가 중요하다. 그 폭발은 세계를 변화시킨 아주 중요한 사건이었으니 말이다."

"이 폭발이 세계를 변화시켰다니, 무슨 말씀이십니까?"

"말 그대로다. 폭발이 일어난 후 세계를 나누는 축이 변하고, 스팟과 게이트가 나타났으니 말이다."

뜻밖의 소리였다. 그리고 회귀 전에도 알지 못했던 일이기도 했다.

"으음, 아버지. 솔직하게 말씀을 드리면 믿을 수가 없는 이야기입니다."

"그럴 것이다. 스팟과 게이트가 나타난 것이 폭발 때문이었다는 것은 누구도 믿을 수 없겠지. 하지만 사실이다. 폭발 이전에는 그 어떤 역사적 기록이나 야사에도 스팟이나 게이트에 대한 기록이 나타나지 않았으니 말이다."

"으음."

저절로 신음이 나왔다. 그토록 알고자 했던 것을 알게 되었기 때문이다.

'실험실을 탈출할 수 있는 기회가 여러 번 있었음에도 그러지 않았던 것은 할아버지와 부모님을 찾기 위해서였는데, 스팟과 게이트가 생긴 것이 여기에 기록되어 있는 폭발 때문이었다니⋯⋯.'

할아버지와 부모님을 다른 세계로 사라지게 만든 원인이 시베리아에서 일어났던 폭발 때문이라니 가슴이 답답하다.

"차훈아, 변화는 그것뿐만이 아니었다. 사람들 사이에서도 변화가 있었다."

"사람들이요?"

"그래, 폭발이 있기 전까지만 해도 특별한 능력이라고 해봤자 신체를 단련해 발휘하는 힘이거나, 선천적으로 발휘할 수 있는 초능력 같은 것 정도가 다였다. 하지만 폭발 이후에는 모든 것이 달라졌다. 정도에 따라 다르기는 하지만 각성하는 사람들이 나타나기 시작했다."

"능력을 각성하는 사람들이 나타났다는 말입니까?"

"그래, 정신이나 몸을 수련하는 사람들 가운데서 각성을 통해 특별한 능력을 가지게 된 이들이 나타났다. 특히 무예를 익힌 이들 중에서 많은 사람들이 각성을 했다."

"무예가들이요?"

"그래, 이전까지는 약간의 내기를 사용하는 이들이었던 무예가들이 폭발 이후에 각성을 하면서 인간을 초월하는 힘을 쓸 수 있게 되었다."

"으음, 어째서 각성을 하게 된 것입니까?"

"처음에는 밝혀지지 않았는데, 러시아에서 오랫동안 연구가 진행되고 난 뒤 그 원인이 밝혀졌다. 폭발로 인해 발생한 특별한 에너지가 사람들을 각성으로 이끌었다는 결론이 내려졌다."

"특별한 에너지요?"

"그래, 에테르로 명명된 에너지다. 다른 에너지들과는 달리 정신이나 육체와 감응할 수 있는 것이 에테르다. 감응만 할 수 있다면 일반인도 각성을 해서 특별한 능력을 가질 수가 있는 것이다."

"그럴 수가!"

"폭발이 일어난 후에 상당수의 사람들이 특별한 힘을 가지게 되었다. 모두가 그 폭발에서 터져 나온 에테르의 영향을 받은 것이지. 이후로는 각성자가 빠르게 늘기 시작했다. 폭발의 여파로 생긴 스팟과 게이트의 영향으로 지구에 에테르가 넘치게 되었기 때문이지. 수련하는 무예가나 명상가… 아니, 평범한 사람들 사이에서도 하나둘 특별한 능력들을 가진 이들이 나타나기 시작했다. 비록 각성을 해야 하기는 하지만 말이다."

"그럼 제가 얻은 것들도 폭발의 영향 때문에 나타난 에테르 때문인가요?"

"그렇다. 네가 얻은 수기도 에테르 때문에 얻을 수 있었던 것이다. 그리고 내가 너에게 전한 고대 파미르 제국의 책도 마찬가지다. 이전까지는 발견이 되지 않았다가, 폭발 이후에 모습을 드러냈다. 기록을 찾아본 결과 매영을 포함한 그 누구도 발견한 적이 없었으니까 말이다."

"어떻게 그런 현상이 벌어지게 된 것입니까?"

단순히 폭발만으로는 벌어지지 않을 일이기에 묻지 않을 수 없었다.

"아직 확실하지는 않지만 그 폭발이 이 지구에 펼쳐져 있는 모종의 결계를 깨트렸다는 것이 내 생각이다."

"모종의 결계요?"

"그래. 정확히 말하자면 스팟과 게이트를 봉인해 놨던 결계가 폭발로 인해 깨져 버렸고, 그동안 억눌렸던 에테르가 순식간에 세상에 퍼져나가 사람들을 변하게 만들었다는 것이 내 생각이다. 개인적인 생각이기는 하지만, 이면 조직들도 다들 비슷하게 생각하고 있는 것 같더구나."

어떤 것인지는 모르지만 스팟과 게이트를 봉인했던 결계가 폭발로 인해 깨졌고, 그로 인해 발생한 에테르로 인해 초월자가 나타나기 시작했다는 뜻이었다.

"아버지 말씀이 타당한 것 같군요. 그렇지 않으면 설명이 되지를 않으니 말입니다."

"사실 이런 것들은 그다지 문제될 것이 없다. 진짜 문제는 폭발이 있기 이전부터 진짜 특별한 능력을 소유하고 있던 이면 조직들과 능력자들이 있었다는 사실이다."

"무슨 말씀입니까?"

이미 알고 있는 일이었지만 애써 장단을 맞추어 놀라는 척 했다.

"너무 놀랄 것도 없다. 매영이나 흑운 또한 그런 이면 조직 중에 하나니까 말이다. 폭발이 있기 전에도 이 세상에는 매영과 흑운처럼 특별한 힘을 사용하는 이들이 존재하고 있었다. 바로 세상의 이면에 숨어서 인류를 지배하고 있던 자들이었지. 폭발과 함께 휘몰아친 에테르로 인해 그들도 변화하기 시작했다. 각성을 해야 하는 자들과 달리 그들은 에테르를 그대로 사용할 수 있었다. 그들은 폭발이 있음과 동시에 자신들이 가진 특별한 힘이 완전히 깨어났음을 인지했을 뿐만 아니라, 새로운 세상이 열렸다는 것을 알았다."

"으음."

"이면 조직의 진짜 능력자들은 전보다 더 큰 힘을 얻게 되었다. 그들은 조금 전에 말해준 일반 사람들과는 달랐다. 각성하는 것이 아니라 단편적으로 전해진 힘만으로도 에테르를 통해 인간을 초월한 힘을 가지게 되었으니 말이다. 초월자라 불릴 정도로 강력한 힘을."

맞는 이야기다. 나도 간신히 알아낸 것인데 이면 조직들은 이미 에테르를 이용하는 법을 알고 있었다. 그들이 가진 비술이나 비기들이 진정한 위력을 발휘하기 위해서는 에테르를 사용해야 한다.

"이미 그들은 에테르와 감응을 하고 있었고, 사용하는 법을 알고 있었던 것이군요?"

"맞다. 내공이나 마나, 포스 같은 것을 사용하던 이들이기에 각성이 필요 없었다. 그런 것들은 에테르의 이면들이었으니 말이다."

"에테르 때문에 쓸 수 있는 힘의 크기가 완전히 달라졌다면 또 다른 변화나 문제가 있었을 것 같군요."

"워낙 큰 폭의 변화라 적응하기 위해 바로 움직이지는 않았지만, 변화된 능력을 사용하는 것이 익숙해지자 이면 조직들은 전쟁에 나섰다."

"전쟁이요?"

"그래 전쟁이다. 그 때문에 발생한 첫 번째 전쟁이 바로 1차 세계대전이다."

"1차 세계대전이요?"

"세상 사람들이 알고 있는 1차 세계대전과는 또 다른 전쟁이 이면에서 벌어졌다. 우습게도 이면 조직들 간의 전쟁은 자신들이 가지게 된 능력을 시험하기 위한 전쟁이었다. 그렇지만 총탄과 폭탄이 난무하던 전쟁은 정말로 아무것도 아니게 보일 정도로 이면 조직들 간의 전쟁은 아주 치열하고 무시무시했다."

인간을 초월한 강력한 힘을 손에 넣었으니 그럴 만하다는 생각이 들었다.

"그 전쟁은 어떻게 됐습니까?"

"아주 치열하기는 했지만, 이면 조직들 간의 전쟁은 1차 세계대전과 같이 종전을 했다."

"전쟁이 그렇게 쉽게 끝났다는 겁니까?"

"단순히 자신들의 능력을 검증하기 위한 것이고, 전위들만 나선 전쟁이었다. 일종의 탐색전이나 마찬가지라 쉽게 끝날 수 있었다."

"다른 뭔가가 더 있을 것 같은데요?"

이면 조직들의 무서움을 나보다 더 잘 아는 이는 없다. 그들이 어떤 방법으로 힘을 유지하고 있는지, 그리고 강해지기 위해서 무엇을 하는지 누구보다 잘 알고 있으니 말이다.

"그래, 알아차린 모양이구나. 그렇게 쉽게 끝날 전쟁이 아니었지. 종전을 한 이유는 사용하는 능력에 문제가 있다는 것을 알게 되었기 때문이다. 처음 그것을 알아차린 것은 이면 조직들의 전위들이었다. 그들은 자신들이 능력을 사용하면 할수록 뭔가 부족하다는 것을 깨닫게 되었던 것이지."

"으음, 그렇군요."

"후후후, 이유는 그것뿐만이 아니다. 이면 조직들마저 경악해 마지않은 새로운 정보를 알게 되었기 때문이기도 하다."

"다른 이유가 또 있다는 말씀입니까?"

"러시아에서 일어난 폭발로 인해 에테르만 깨어난 것이 아니었다. 잠들어 있던 신화와 전설들이 모두 깨어났다."

"신화와 전설들이요?"

"그래. 신들이라 일컬어지고 영웅이라 불리던 존재들이 나타났다. 그저 옛날이야기로만 들었던 존재들이 세상에 나타난 것이지."

"정말 믿을 수 없는 이야기군요."

"그래, 정말 믿을 수 없는 이야기기는 하지. 하지만 사실이다. 신화 속에 등장하는 본래의 존재는 아니지만 그 힘을 사용할 수 있는 자들이 나타났으니 말이다."

"으음."

"지금까지 연구한 바로는 스팟과 게이트는 본래부터 이곳 지구에 존재했던 것 같다. 신화나 전설에서 나오는 특별한 힘들은 게이트를 통해 지구로 건너온 존재들이 사용한 힘에서 비롯됐던 것 같으니 말이다. 결계는 그런 존재들이 드나들던 게이트를 막기 위해 설치되었던 것 같고."

예전에 신이나 그에 준하는 존재들로 추앙 받던 이들이 사실 게이트를 건너온 다른 세상의 존재라는 것은 가능성이 높은 이야기다.

내가 게이트를 건너갔을 때 귀속시킨 엘리멘탈들도 마찬가지다. 가지고 있는 능력을 이곳으로 건너와서도 그대로 사용할 수만 있다면 신은 아닐지라도 최소한 정령왕 정도로는 불렸을 테니까.

"그럴 확률이 높을 것 같군요."

"그래, 그들이 종전을 선언한 진짜 이유는 세상에 전해지는 전설이나 신화가 어떤 의미인지 알게 되었기 때문이다. 그저 이야기가 아니라 실제로 존재했던 사실들이라는 것이지. 그들이 자신들보다 앞서 초월의 힘을 사용했던 존재들이었다는 것을 알게 된 것이란다."

"그러면 다른 세계에 신화나 전설을 만든 존재들이 있다는 말이군요."

"그래, 무서운 일이 아닐 수 없다. 그런 존재들이 실제로 있다는 사실이 말이다."

수많은 신화가 지구 곳곳에 존재한다. 그 속에 등장하는 강대한 힘을 지닌 존재들이 단순한 이야기가 아니라 실재한다면 정말 무서운 일이 아닐 수 없다.

"그런데, 그런 사실은 어떻게 알게 된 것입니까?"

"전쟁이 시작되고 얼마 지나지 않아 이면 조직에 속하지 않던 능력자 몇몇이 신화의 힘을 얻었고, 그들을 통해 알려지게 되었다. 지구의 패권을 차지하기 위해 싸울 때가 아니라 힘을 모아야 한다며 말이다."

"전쟁에 그들이 개입을 했군요?"

"그렇다. 연합국의 승리였지. 신화의 힘을 얻은 이들이 연합국에 속해 있었으니까. 사실을 말하자면 그들이 나타난 후 이면 조직들은 전쟁을 지속할 수가 없었다. 신화에 나타난, 초월을 아득히 넘어선 권능을 가진 그들이 전쟁을 원하지 않았으니까 말이다."

"놀라운 이야기로군요."

"그것으로 끝나는 이야기가 아니다."

"다른 것이 또 있습니까?"

"1차 세계대전이 끝나자 그들은 곧바로 모습을 감추어 버렸다. 아주 감쪽같이."

"힘을 모아야 한다면서 모습을 감추다니, 이상한 일이군요."

"이상한 일이었지. 그렇지만 이면 조직들은 그들이 사라진 것을 이상하게 생각하지 않고 오히려 기회로 여겼다. 그리고 곧바로 움직이기 시작했다."

"세계 곳곳에 산재한 신화와 전설을 캐기 시작했겠군요. 얻기만 한다면 세상을 지배하는 힘을 얻을 수 있는 일이었을 테니 말이죠."

"그래, 신화의 힘을 얻는 쪽이 헤게모니를 가지게 되는 상황이었지……."

말끝을 흐리는 것을 보면 뭔가 다른 상황이 전개된 것이 분명했다.

"뭔가 틀어진 모양이군요."

"눈치가 빠르구나. 종전이 되어 패전국과 승전국으로 나뉘기는 했지만, 아무도 승리를 했다고 할 수는 없는 상황이 되어 버렸다. 그것은 이면 조직들도 마찬가지였다. 독일제국이 패전하기는 했지만, 제국의 뒤에 있던 조직인 아리안은 신화에 속하는 특별한 힘들을 다수 얻었으니 말이다."

"아리안이란 독일제국의 이면 조직이 신화를 여럿 차지했다는 말입니까?"

"그래, 남들보다 일찍 알아차린 덕이었지. 신화의 권능을 가진 이들이 늦게 나타난 것 때문이기도 했고. 그들이 전쟁을 종식시키기 위해 나타났을 때는 이미 유럽에서 전해지는 신화나 전설 중 반수 이상을 아리안이 차지해 버렸다. 그러고는 먼저 사라진 다른 자들과 마찬가지로 세상에서 모습을 감췄다. 대영제국, 프랑스, 러시아제국이 참여한 연합국의 이면 조직들로서는 뼈아픈 일이 아닐 수 없었지."

"연합국도 가만히 있지 않았겠군요."

"독일제국과 오스트리아—헝가리 제국의 이면 조직들이 사라진 후, 연합국들도 신화와 전설을 수집하기 시작했다. 자국은 물론 식민지를 깡그리 털어버렸지."

"으음, 제국주의가 만연하면서 수탈한 것은 인력과 물자만이 아니었군요."

"그렇다. 또 신화와 전설을 수집한 것은 그들만이 아니었다. 미국과 일본, 중국도 이 틈바구니에 끼어들었다. 제국이라고 불릴 만한 나라는 전부 끼어들었다고 할 수 있지. 그렇게 신화와 전설을 수습한 이면 조직들은 곧바로 종적을 감췄다. 신화를 먼저 얻고 사라진 이들이나 아리안이 언제 나타날지 두렵기도 했지만, 강탈하여 얻은 것들을 자신들의 것으로 만들어야 했기 때문이었다."

"그렇다면 어쩔 수 없이 또 한 번 부딪쳤겠네요. 힘을 얻으면 사용하고 싶어 하는 것이 인간의 속성이니까 말이죠. 혹시 2차 세계대전이 그것 때문에 일어난 건가요?"

"그래, 맞다. 그렇게 전설과 신화를 수습한 이들이 벌인 전쟁이 바로 2차 세계대전이다. 보이는 전쟁에서도 그랬지만, 이면에서 벌어진 전쟁으로도 어마어마한 사람들이 죽어나갔다. 1차 세계대전에서 벌어진 이면 조직 간의 전쟁이 전초전이라면, 2차 세계대전은 본격적인 전쟁이었지."

어느 정도인지 짐작이 되지는 않지만 아버지의 눈빛이 떨리는 것을 보면 참혹했을 것 같다.

"그럼 어떻게 전쟁이 멈추게 된 건가요?"

"그것은 핵폭탄이 만들어졌기 때문이다. 신화의 힘에 맞먹는 무기가 만들어지자 능력자들은 전쟁을 멈추어야만 했다."

"핵폭탄이라면 당시에 미국만 성공한 것이 아니었나요?"

"아니다. 약간의 시간 차이는 있었지만 당시 강대국들은 대부분 핵무기 개발에 성공한 상태였다."

"그렇다면 혹시 핵무기라는 것도?"

"맞다. 신화와 전설에서 나오는 무기를 이 세상에 재현한 것이었다."

"그렇다면 전쟁을 멈출 수밖에 없었겠군요. 그렇지 않으면 지구 자체가 멸망할 테니까 말이죠."

"그렇기는 하다만, 전쟁을 멈춘 이유는 핵폭탄이 세상에 출현했기 때문만은 아니었다. 다시 나타난 초월자들이 전쟁을 막아섰기 때문이었지."

"하지만 이면 조직들도 신화의 힘을 얻었을 텐데요?"

"전폭적인 지원 아래 육성된 이면 조직의 능력자들은 신화 속에 나오는 권능을 발휘하게 되었지만, 엄밀히 말하자면 초월자는 아니었다. 그저 신화나 전설의 힘을 일부나마 쓰게 된 것일 뿐이었지."

"진짜 신화를 전승한 자들은 달랐군요?"

"맞다. 신화나 전설이 가진 힘을 아주 깊이 깨달은 그들은 정말로 강했다. 1차 세계대전 당시에 보여주었던 것과는 비교도 할 수 없을 정도의 수준으로 말이다. 그렇다고 해서 이면 조직의 힘으로 만들어진 자들을 아득히 넘어 설 정도는 아니었다. 신화의 힘을 얻은 능력자 셋이 힘을 합치면 어느 정도 상대가 되었고, 넷이면 이길 수 있었으니 말이다. 그것 때문인지는 몰라도 다시 나타난 그들은 당시 신화의 힘을 지닌 능력자들을 배출하지 못한 쪽을 쳤다. 2차 세계대전의 패전국은 그렇게 해서 정해지게 되었지."

"휴우, 정말 놀라운 이야기로군요."

"그보다 더 놀라운 이야기가 있다. 초월자들이 전쟁을 멈추게 한 이유가 따로 있다는 것이다."

"전쟁을 멈춘 이유가 따로 있었다니, 무슨 말씀이신가요?"

"다시 나타난 그들은 독일과 일본이 찾아낸 신화를 노리고 있었다. 세상에 거의 드러나지 않았던 감춰진 신화를 말이다."

"독일과 일본이 감춰진 신화를 얻어놓고 그리 쉽게 패하다니, 이상하군요."

"이상할 것도 없다. 말했다시피 그들은 신화의 권능을 손에 쥐지 못했다. 자신들이 얻은 것이 세상에 드러나지 않았던 감춰진 신화라는 것을 알기는 했지만, 밝혀낸 것이 거의 없었으니까 말이다."

"그렇군요. 하지만 어째서 그것을 얻으려 했을까요?"

"밝혀지지는 않았지만, 다른 신화가 가진 권능에 비해 월등히 강력하기 때문일 것 같다는 것이 내 생각이다."

"독일과 일본이 자신들을 넘어서는 강력한 힘을 손에 넣기 전에 발 빠르게 손을 쓴 것이라는 말이군요."

"그렇다. 하지만 다시 나타난 초월자들은 그것들을 손에 넣지 못했다."

"정말요?"

"그래, 핵폭탄이 터진 후에 또다시 갑자기 사라져 버렸다. 그들이 사라졌기에 감춰져 있던 신화는 여러 개로 나뉘어져 승전국의 이면 조직들이 차지했다. 그리고 최고 지도자는 그 와중에 감춰진 신화의 일부를 얻을 수 있었지."

"그럼 이 만수연구소가 만들어진 것도 신화의 힘을 얻기 위한 것인가요?"

"그렇다. 최고 지도자가 얻은 것은 오래전에 해석이 끝났고, 실제 사용할 수 있도록 연구하는 곳이 바로 이 만수연구소다."

만수연구소가 만들어진 진짜 이유를 들었지만 놀랍지 않았다. 회귀 전에는 이곳에 오지 않았지만, 나를 대상으로 실험하던 자들의 이야기를 들으면서 그럴 것이라는 생각을 했었기 때문이다.

'어쩌면⋯⋯.'

내가 얻은 게이트 너머의 세계도 신화적 존재들이 있을 가능성이 높았다. 내게 귀속이 되었다고는 하지만 세계를 움직이는 인과율 시스템의 정보를 모두 얻은 것이 아니니 말이다.

　'그녀들이 뭔가를 감추고 있는 것 같았는데, 그곳에 전해지는 신화나 전설과 연관된 존재들일 관련이 있을지도 모르겠다.'

　마음이 답답해졌다. 계획대로 진행되는 것 같아서 좋아했는데, 어쩌면 판을 새로 짜야 할지도 모르니 말이다.

　'아직 아무것도 판단할 수 없는 상황이다. 다시 그녀들을 만나게 되면 감추고 있는 비밀이 무엇인지 확인을 해보자. 그나저나 언제 게이트가 열리려는지…….'

　게이트의 상태는 여전했다. 의지를 실어 열려고 해도 요지부동, 움직임이 없다.

　제발 아무 일도 일어나지 말아야 하는데 걱정이다.

〈『그린 하트』 제4권에서 계속〉

GREEN HEART

1판 1쇄 찍음 2016년 10월 4일
1판 1쇄 펴냄 2016년 10월 11일

지은이 | 미르영
펴낸이 | 정 필
펴낸곳 | 도서출판 **뿔미디어**

기획 · 편집 | 한관희 · 배희선

출판등록 | 2002년 9월 11일 (제1081-1-132호)
주소 | 경기도 부천시 원미구 소향로 17번길(두성프라자) 303호 (우) 14544
전화 | (032)651-6513 / 팩스 032)651-6094
E-mail | bbulmedia@hanmail.net
홈페이지 | http://bbulmedia.com

값 8,000원

ISBN 979-11-315-7488-1 04810
ISBN 979-11-315-7392-1 04810 (세트)

www.bbulmedia.com